KB143842

나는 스물일곱, 2등 항해사입니다

일러두기

· 저자의 과거와 현재의 이야기가 시간에 상관 없이 섞여 있습니다.
· 본문 내용이 모든 선박과 항해사를 대변하지 않습니다. 생활과 업무 등은 선박에 따라 다를 수 있습니다.

나는 스물일곱, 2등 항해사입니다

초판 1쇄 발행 2019년 9월 2일
초판 3쇄 발행 2024년 3월 5일

지은이 김승주

펴낸이 조기흠
총괄 이수동 / **책임편집** 최진 / **기획편집** 박의성, 유지윤, 이지은, 김혜성, 박소현, 전세정
마케팅 박태규, 홍태형, 임은희, 김예인, 김선영 / **제작** 박성우, 김정우
일러스트 변영근 / **디자인** 스튜디오 프랙탈

펴낸곳 한빛비즈(주) / **주소** 서울시 서대문구 연희로2길 62 4층
전화 02-325-5506 / **팩스** 02-326-1566
등록 2008년 1월 14일 제 25100-2017-000062호
ISBN 979-11-5784-356-5 03810

이 책에 대한 의견이나 오탈자 및 잘못된 내용에 대한 수정 정보는 한빛비즈의 홈페이지나
이메일(hanbitbiz@hanbit.co.kr)로 알려주십시오. 잘못된 책은 구입하신 서점에서 교환해드립니다.
책값은 뒤표지에 표시되어 있습니다.

⌂ hanbitbiz.com ￼ facebook.com/hanbitbiz ￼ post.naver.com/hanbit_biz
￼ youtube.com/한빛비즈 ￼ instagram.com/hanbitbiz

지금 하지 않으면 할 수 없는 일이 있습니다.
책으로 펴내고 싶은 아이디어나 원고를 메일(hanbitbiz@hanbit.co.kr)로 보내주세요.
한빛비즈는 여러분의 소중한 경험과 지식을 기다리고 있습니다.

오늘을 견디는 법과 파도를 넘는 법

나는 스물일곱,
2등 항해사입니다

김승주 지음

한빛비즈 Hanbit Biz, Inc.

끝없는 파도에 맞서며

인생을 항해하는

나와 비슷한 청춘들에게

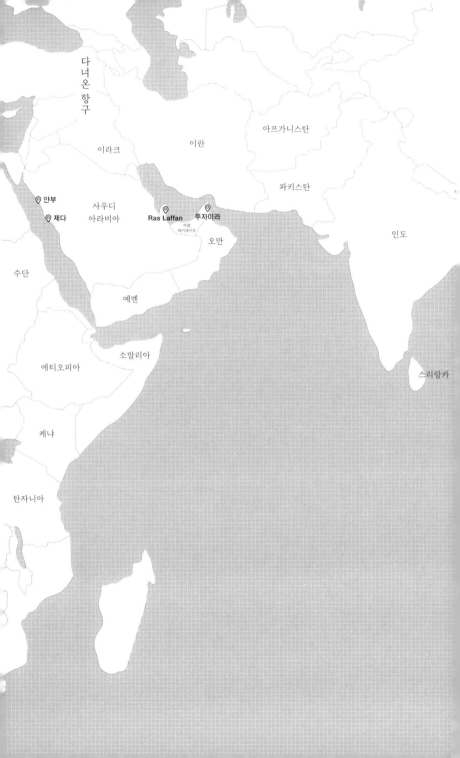

배
구
조

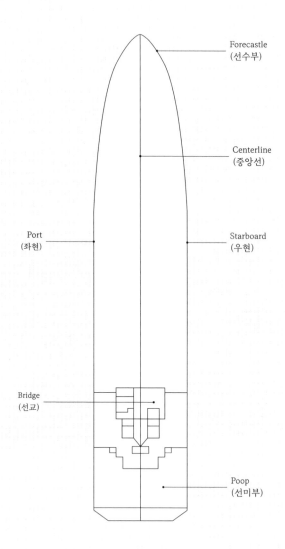

Forecastle
(선수부)

Centerline
(중앙선)

Port
(좌현)

Starboard
(우현)

Bridge
(선교)

Poop
(선미부)

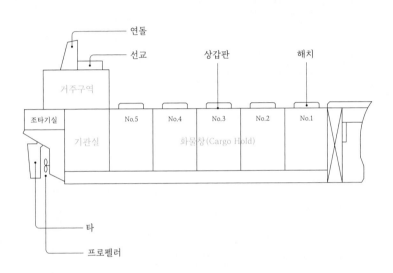

선내 구성원

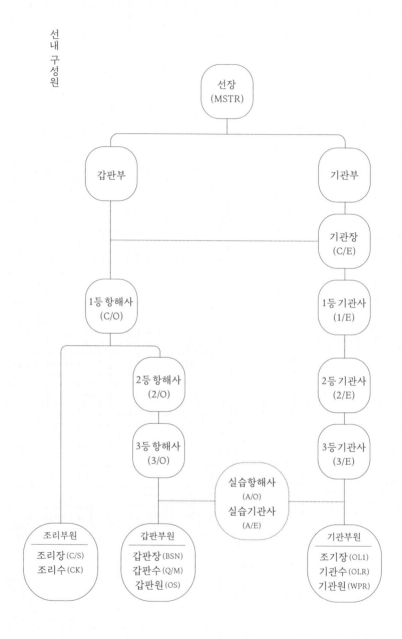

· 선장 (MSTR)

선박 내 모든 업무를 총괄, 최우선적인 권한과 책임이 있다.

· 1등 항해사 (C/O)

선장을 보좌하는 갑판부 선임사관. 갑판부를 관리하며 선내 질서 유지. 화물 관리, 선체 정비, BALLAST(평형수) 관리, 접이안시 선수 작업을 지휘한다.

· 2등 항해사 (C/O)

선장과 1등 항해사를 보좌하며 항해 계획 수립, 항통장비, 소화설비, 안전장비 관리, 접이안 시 푸푸(선미)에서 작업을 지휘한다.

· 3등 항해사 (C/O)

선장과 1등 항해사 보좌 및 입출항 수속 업무, 선내 의료 및 의약품 관리, 입출항 시 선교에서 선장 보좌를 담당한다.

현재 우리 배에는 선장, 1등 항해사, 2등 항해사(저자), 3등 항해사(두 명), 갑판장, 갑판수(세 명), 갑판원, 조리장, 기관장, 1등 기관사, 2등 기관사, 3등 기관사, 조기장, 기관원, 실습항해사 총 18명이 승선 중이다.

* 선박의 종류나 회사에 따라 구성과 역할에 차이가 있을 수 있습니다.

2장

새로운 세상 상상하지 못했던

3장

두려워하는 자다 / 도전하는 자는

4장

가혹하더라도 날 덮치는 운명이

5장

바다를
사랑하는 일

처음엔 바위라 생각했다.

거대한 뱃머리는 하얀 물보라를 일으키며 물을 밀고 앞으로 나
아갔다. 그때 바위가 움직였다.

'뭐지…'

다급한 마음에 쌍안경을 들고 조리개를 돌려 바위에 초점을 맞
췄다. 조약돌처럼 작아 보이던 바위의 형체가 서서히 드러났다. 검
은 표면에 접한 물결이 일순간 날을 세워 거품을 내며 부딪혔다. 물
보라와 함께 거대한 경사면을 따라 흘러내린 바닷물 위로 태양 빛
이 부서지며 반짝거렸다. 마치 밤하늘에 깨알같이 박힌 별처럼. 순

간 검은 바위가 시야에서 사라졌다. 쌍안경을 쥔 손이 땀으로 흥건해질 정도로 긴장되는 순간이었다. 수면 위를 훑던 시선은 잠시 후 마치 잠수함처럼 부상하는 거대한 무언가를 포착했다.

'바위가 아니다.'

거대한 고래였다.

드러난 고래 등 아래로 물속 길게 드리워진 그림자가 고래의 크기를 짐작게 했다. 미끄러지듯 물을 타고 뱃머리에서 수백 미터를 앞서던 고래는 좌측으로 방향을 선회하더니 몸을 숨겼다 부상하기를 반복했다. 마치 내가 승선한 배에 장난이라도 거는 듯 한동안 주위를 맴돌았다.

고래가 물 위로 모습을 드러낼 때마다 매끈한 등이 반짝거렸다. 그 모습에 매료된 나는 한동안 넋을 놓고 바라만 볼 뿐이었다. 그때 머릿속에 '별고래'란 표현이 떠올랐다. 다시 보지 못할 인연이라 할지라도 왠지 이름을 붙여주고 싶었다.

'그래, 이제부터 네 이름은 별고래야. 아마 고래에게 이름을 붙여준 사람은 이 지구에 나 하나뿐일지도 몰라.'

겨우 10분 남짓이었지만, 태평양에서 겪은 거대하고 신비한 존재와의 우연한 만남은 불안하고 외로운 항해사인 나에게 잊지 못할 선물 같았다. 그날 이후 먼 바다를 내려다볼 때면 나의 고래를 찾곤 한다. 깊고 어두운 바다 어딘가에 있을 나만의 별고래.

내가 탄 배는 장애물 하나 없는 바닷길을 따라 어디든 갈 수 있지만 나는 일 년의 절반을 배에 갇힌 채 살아간다. 오로지 바다, 바다, 바다만을 바라보는 동안 외로움이 도둑처럼 몰려왔다. 나는 왜 항해사가 되었을까 하는 끊이지 않는 질문들. 가족에 대한 그리움. 정확히 설명할 순 없지만 바다라는 거대한 존재의 위압감.

그때 나를 찾아온, 정확히는 그렇게 믿고 싶은 별고래를 만난 이후 고래의 물질을 상상하며 가끔 나를 흔들었던 외로움을 극복할 수 있었다.

이 책은 바다를 유영하는 스물일곱 항해사의 이야기다. 육지에서도 바다에서도 별반 다를 것 없는 각박한 현실 앞에서 어찌해야 할지 몰라 흔들리는, 아직은 인생에 서툰 항해사의 일상을 담았다. 땅과 바다, 서로 머무는 곳은 다를지라도 고뇌의 뿌리는 한 몸이지 않을까. 우리가 끝끝내 쓰러지지 않으려면 오늘을 치열하게 살아내야 한다.

비록 고된 하루를 보내야 할 운명 앞에 놓여있을지라도.

1장

나는
항해사입니다

All Station
Stand By

"삐~ 삐~ 삐~ All Station Stand By!

All Station Stand By!

Starboard Side Alongside!

Starboard Side Alongside!

삐~"

약 3만 톤의 컨테이너선 위로 육중한 소리가 퍼질 때마다 그 파동에 배가 떤다. 선내가 엔진의 기계 굉음으로 가득 차면 사람들의 발걸음도 분주해진다.

승선한 지 2년, 너무나 익숙해져 버린 소리. 밤 9시와 11시, 새벽 1시와 3시. 예고 없이 울려대는 방송에도 놀라거나 서두르지 않을 만큼 이젠 내게도 뱃사람의 여유가 생겼다.

몸을 일으켜 침대에 걸터앉은 뒤, 기름때 묻은 작업복에 한쪽 다리를 끼우며 다시 몸을 일으켰다. 뒷주머니에 꽂아 뒀던 목장갑을 꺼내 손가락이 끝까지 들어가도록 한쪽 끝을 잡아당겨 밀어 넣었다. 방문을 열고 복도를 지나 선박 특유의 수직에 가까운 가파른 계단을 다섯 층 내려왔다.

스티커가 부착된 안전모를 쓰고 턱 아래 벨트를 꽉 조여 맨 뒤 안전화로 갈아 신었다. 낡고 해진 검은 작업화는 내가 몸담고 있는 환경을 대변해준다. 갑판으로 나갈 준비가 끝났다. 묵직한 철문을 열고 나 역시 분주한 대열 속으로 편입되었다.

'안전! 안전! 이번에도 무사히!'

몇 번의 읊조림 후에 무전기 버튼을 눌렀다.

"브리지, 푸푸poop, 선미 감도 있습니까?"
"푸푸, 감도 좋아요."
"감도 좋습니다. 우현 접안* 준비하겠습니다."

---

* 배를 육지에 댐.

먼바다로 향했던 항해를 마치고 드디어 입항이 시작됐다. 3만 톤이 넘는 컨테이너선 2항사로서 입항 시 나의 역할은 배의 선미에서 줄을 내려주는 것이다. 거대한 배를 부두에 붙잡아두는 로프의 두께는 큰 사과만 하다. 이런 줄이 선수와 선미에 각각 다섯 개씩 내려져 배를 붙들어 고정한다. 선장님의 명령에 따라 선수에는 1항사가, 선미에는 2항사가 현장을 지휘해 접안한다.

간단해 보이지만 현장에서는 그 어느 때보다 긴장감이 감돈다. 자칫하면 다치거나 생명을 잃을 염려도 있기 때문이다. 성인 남성 한 명이 들기에도 버거운 줄은 기기를 통해 조절한다. 낚싯대의 릴 형태로 감겨 있는데, 레버를 조절해 줄을 풀거나 감을 수 있다. 입항 시는 대양과 달리 조금만 움직여도 주변의 다른 배나 부두와 충돌할 위험이 크기 때문에 모두 신경이 곤두서 있다.

입출항은 짧으면 30분, 길면 한 시간이 넘게 걸리기도 한다. 4주 동안 12개의 항구에 들어가는 우리 배는 적어도 24번의 All Station Stand By 방송과 입출항을 한다. 익숙해졌다고 방심할 때 위험이 찾아온다는 사실을 알기에 항상 긴장의 끈을 놓을 수 없다.

27,799톤의 거대한 배를 부두에 접안시킨 후의 감정은

늘 특별하다. 배의 크기에 비하면 사람은 너무나 작은 존재에 불과하지만 이 큰 배를 바로 그 작은 사람들이 움직인다는 사실. 내 의지에 따라 움직이는 배 위에서 인간이 이루어놓은 기술에 경이로움을 느낄 때도 있다.

배 위에 오르면서 이 거대한 선박에 압도되었던 첫날을 기억한다. 먼 곳을 향해 떠나는 밤바다 위에 섰던 날의 마음은 복잡했다. 들뜨기도, 두렵기도 했으며 행복하기도, 슬프기도 했다. 어느새 눈가를 적신 눈물의 의미도 모른 채 하염없이 울기만 했다. 육지에서 멀리 떨어져 있는 거라면 땅으로는 이어져 있다는 사실만으로 위안이 될 텐데. 육지를 완전히 벗어나 온통 물뿐인 대양 한가운데 선 나는 더는 약해져서는 안 되겠다고 생각했다. 이곳은 삶의 터전이며 생존을 위한 격전지니까.

도전하는 자는
두려워하는 자다

몸을 사뿐히 띄워줄 만큼의 여린 파도가 리드미컬하게 넘실대고 있었다. 시계는 점심을 가리켰지만 하늘을 가득 메운 구름이 정오의 해를 가려 파도도 잿빛으로 흐렸다.

12시간을 날아와 덜컹거리는 비포장도로를 두 시간이나 달려 도착한 곳은 간판만 호텔이라 적힌, 현지인들을 위한 싸구려 여관이었다. 그곳에서 하룻밤을 보낸 뒤, 우리가 도착한 곳은 스리랑카의 어느 시골 마을 선착장이었다.

선착장에는 작고 낡은 어선들이 빼곡히 정박해 있었다. 선착장의 끝자락까지 가도 내가 찾던 배는 보이지 않았다.

'분명 큰 배를 탄다고 들었는데.'

첫날 공항에서부터 일이 잘 풀리지 않을 것 같다는 불안감이 엄습했다. 차는 비포장도로로 진입한 후로는 인적이 드문 마을로만 달렸다. 갈수록 길은 험해졌고 흔들리는 몸을 지탱하느라 손바닥, 엉덩이와 등짝이 남아날 것 같지 않았다. 뿌연 모래를 일으키며 달리는 버스는 금방이라도 퍼져버릴 것 같았지만 바퀴는 멈추지 않았다. 창밖으로 사막을 연상케 하는 눈부신 모랫길과 이국적인 열대 야자수의 행렬이 내가 낯선 땅에 와 있음을 실감케 했다.

실습항해사 신분으로 선장님을 따라 승선지로 이동하는 길이었다. 처음 배를 탄다는 흥분을 가까스로 가라앉히며 이동하는 동안 풍경만 응시했다. 내 옆에는 필리핀 부원도 세 명 있었는데 그들의 표정도 나와 다르지 않았다.

선장님을 선두로 실습실기사, 나, 부원 셋 이렇게 총 여섯 명이 작은 엔진을 단 낡은 배에 올라탔다. 쿨럭거리며 검은 연기를 뿜어내던 엔진이 제대로 걸리는 소리가 우렁차게 들리자 일행을 태운 보트는 물가를 떠나 순식간에 속도를 내기 시작했다. 보트는 물살을 양쪽으로 가르고 하얀 파도를 일으키며 앞으로 내달렸다. 처음에는 기분 좋은 파도였지만 시간이 지나자 속이 울렁거리기 시작했다. 선장님도 머리를 내밀고 힘들어할 정도였으니 오죽했으랴. 당시에는 잘 보여야 한다는 생각으로 가까스로 참아냈던 기억이 아직도 선명하다. 그때 옆에서 누군가 소리쳤다.

"There!"

그가 가리키는 손끝을 따라 시선을 옮긴 순간. 지금도 그 순간을 잊지 못한다. 낮게 깔린 희끗한 안개 뒤로 거대한 무언가가 병풍처럼 서 있었다. 보트가 가까이 접근하면서 시야가 걷히기 시작했고, 이윽고 눈앞에 상상을 초월하는 배가 나타났다. 배라기보다는 섬이라고 하는 편이 더 적절할 것 같았다. 갈색의 강철로 된 표면 위에 붉은색 글씨로 무언가 쓰여 있었다. 물 아래에서 올려다본 그 압도적인 거대함이란. 마치 하늘까지 닿아있는 탑의 시작점에 서 있는 기분이 들었다. 작은 파도에는 미동도 하지 않는 배였다.

'내가 탈 배다. 이 녀석이!'

크기에 압도될 것이라곤 생각지 못했다. 그러나 배의 존재감을 전달하는 요소는 크기만이 아니었다. 이 안에는 수많은 화물이 선적되어 있었다. 화물은 누군가의 기대이자, 꿈이다. 또한 많은 사람이 타고 있다. 누군가의 꿈과 생명이 오롯이 이 공간 안에 머물고 있다고 생각하자 두려움이 몰려왔다. 과연 내가 해낼 수 있을까. 다물어지지 않는 입 사이로 허탈한 웃음이 새어 나왔다.

　도망칠 수 없었다. 한국에서부터 12시간 비행을 한 뒤였고, 눈앞의 바다 위에는 나를 기다리는 배가 꼿꼿이 정박해 있었다. 도망칠 수 없었기에 맹렬한 기세로 뛰어올랐다. 배 위에 오르자 그곳에서 내려다보는 바다는 또 다른 그림이었다. '끝내준다'는 바로 이럴 때 쓰는 표현이었다. 낯선 곳에서의 하룻밤, 낡은 배 위에서의 울렁거림, 모든 것을 그만두고 싶었을 때 모습을 드러낸 배는 두려움인 동시에 물러설 수 없는 운명으로 다가왔다. 바로 그 운명이 눈앞에 있었고 난 그 배에 올라타야만 했다.

　단언컨대, 어떤 일에 도전할 때 두렵지 않다면 그건 도전이 아니다. 도전의 크기는 곧 두려움의 크기이기도 하다. 따라서 도전하는 자는 두려워하는 자이고, 두려움은 의지만으로 극복할 수 없다. 스스로 넘어서지 않으면 안 될 환경 속으로 자신을 던질 때 비로소 극복할 수 있다. 배의 거대함과 직면했을 때 나라고 도망치고 싶은 생각이 들지 않았을까. 도망치지 않은 것이 아니라, 도망칠 길이 없었기에 오히려 더 힘을 내 배에 오를 수 있었다.

지금 해야 할 일과
하지 말아야 할 일

당연한 말이지만, 현장은 학교와 달랐다. 6개월간 실습항해사로 배를 타면서 배운 게 하나 있다면 내가 아무것도 모른다는 사실이었다. 경험과 이론은 정말 달랐다.

새로운 세계를 맞이한 나는 열심히 배웠다. 뭐든 묻고 기록하고 암기했다. 누구나 처음에는 당황하겠지만, 어떤 일이든 그 안에는 나름의 패턴이 존재하는 법이다. 익숙해진다는 것은 정해진 업무 프로세스에 몸이 익어 의식하지 않아도 절로 움직이는 걸 말한다. 어떤 일을 하던 정신만 바짝 차리면 적응은 어렵지 않다.

'지금, 항해사로서 무엇을 해야 할까?'
'항해사로서 해서는 안 될 일은 무엇일까?'

실습을 하는 동안 이 두 질문을 늘 반복했다. 내가 실습을 잘 마칠 수 있었던 건 올바른 질문을 스스로에게 했기 때문이라고 믿는다. 위 두 질문은 하지 말아야 할 일을 정리함으로써 반드시 해야 할 일에 집중할 수 있도록 해주었다. 두 질문을 가슴에 품고 지내는 동안 평소 지나칠 수 있는 사소한 것들을 깊이 관찰하는 습관을 들일 수 있었다.

실습으로 깨달은 것이 있다면 바로 '사람'이다. 배에서는 자기만 잘해서는 아무 의미도 없다. 각자의 역할은 모두의 역할과 연결되어 있기 때문이다. 자동차가 부품 하나만 빠져도 멈추는 것처럼 모두의 역량이 제대로 발현될 때 배는 정해진 항로를 따라 순조롭게 움직인다. 따라서 사람과의 관계와 팀워크가 무엇보다 중요하다.

내 역할을 잘 해내기 위해서는 동료에게 기대지 말아야 한다. '여자라서'라는 조건을 다는 순간 항해사에게 바로 주홍글씨가 된다. 자기 역할을 제대로 수행할 수 없는 사람은 동료의 목숨을 책임질 자격이 없는 사람이다.

온전히 내 역할을 다하는 것이 곧 동료의 안전을 보장하는 길이라는 단단한 각오가 필요하다. 그렇다고 동료의 문제를 외면하라는 게 아니다. 배는 자연의 한 가운데를 지난다. 변화무쌍하고 예측 불가능한 대자연 속에서는 어떤 일도 일어날 수 있다. 만에 하나 어떤 위치(역할)에 문제가 생겼다면 기꺼이 희생한다는 각오로 그의 빈자리를 메워줘야 한다. 대학이 우리에게 혹독한 훈련과 기숙 생활을 강요한 건 배라는 특수한 사정에 대비하기 위해서였단 걸 깨달았다. 다행히 배 위에서의 첫 경험은 삶에 좋은 원동력이 되어 주었다. 실습을 마친 후에도 머릿속에는 '배를 꼭 탈 거야'라는 생각으로만 가득했다. 그 후 그토록 바라던 항해사가 되었다.

'나'라서
할 수 있는 일

당직을 서다 문득 길이 222미터, 무게 27,799톤의 거대한 배를 고작 나란 사람이 운전하고 있단 사실에 소름이 돋았다. 대학을 졸업하고 바로 3항사로 승선한 이후 이 거대한 배의 키를 하루 여덟 시간 동안 맡고 있다. '한 번의 실수로 사고라도 난다면' 하는 생각이 들 때마다 등에 식은땀이 흐른다. 믿고 맡겨주는 것은 고마웠지만 책임의 무게는 3만 톤에 육박하는 배의 무게보다 더하면 더했지 결코 덜하지 않았다.

어떤 드라마를 보다가 신입사원들이 상사가 일다운 일을 주지 않는다며 불평하는 장면을 본 적이 있었다. 그들은 간단한 서류 정리 따위는 일 같지도 않다며 불만을 토로했다.

하지만 모든 일은 분명 그렇게 시작해야 한다. 아무리 간단한 일이라 해도 업무를 이해하기 위한 첫걸음이기 때문이다. 난 오히려 작은 일부터 단계를 밟아 시작하기를 간절히 원했다.

배를 타자마자 시작되는 당직, 전 선원의 생명을 짊어진 거대한 선박의 운항, 선박의 입출항이 걸린 서류 업무, 조그마한 실수 하나에도 몇백, 몇천 단위의 거금이 허공으로 사라지는 일들.

배 위의 각 부서에는 직책이 있고 사람이 바뀔 때는 해당 직책의 교대가 이루어진다. 즉, 내가 3항사로 배에 승선한다는 말은 기존에 있던 3항사가 내려온다는 말이다. 인수인계가 끝나면 내가 배의 유일한 3항사가 된다.

대학을 갓 졸업한 풋내기라고 할 수도 있었지만 대학 생활 4년 동안 자유로운 캠퍼스 생활을 반납한 것도 사실이었다. 사계절마다 다른 제복을 입고 군대 같은 생활을 이어나갔다. 아침 과업, 구보, 훈련, 인원 점검, 복장 점검, 위생 점검에 이르기까지 기숙 생활의 통제 속에서 절제된 생활을 견뎌왔다. 당시에는 여기가 군대도 아닌데 이렇게까지 해야만 하는 걸까? 라고 생각했지만 이제는 알 것 같다.

배에 오른다는 건 누구도 대신할 수 없는 책임을 감당해야 함을 뜻한다. 부원들을 다루어야 하는 사관의 위치, 선원들의 생명, 화물, 선박의 안전을 우선시하는 상선사관* 정신, 배 생활을 버틸 수 있는 강인한 체력, 국가에 이바지한다는 사명감.

'고작' 나인 줄 알았지만 지금 이 순간 항해사로 서 있기 위해 견뎌낸 훈련, 자유로운 생활의 반납, 배와 관련된 수많은 과목 이수, 자격증 취득을 위한 노력들을 생각하니 '오로지' 나일 수밖에 없었다. 배에 올라 이 자리를 맡은 이상 임무를 다해야 함은 책임을 뛰어넘는 것이었다. 배의 무게만큼 압도적인 책임과 의무가 몰려옴을 느꼈다. 하지만 이건 나이기에 견뎌내야 하는 무게, 나이기에 할 수 있는 일이었다.

---

* 상업적 목적으로 쓰이는 선박에서의 사관.

돌고래

평온한 바다 한가운데에 갑자기 큰 물결이 일렁였다. 잠잠해지더니 다시 한번 출렁. 항해사는 배 주변에서 일어나는 움직임에 민감하다. 어선이나 어망일 경우 자칫하면 사고로 이어질 수 있기 때문이다. 물결이 이는 곳을 주시했다. 순간 가뿐하게 뛰어오르는 회색 몸뚱이.

'아, 돌고래다!'

당직을 서다 보면 돌고래 떼를 심심찮게 볼 수 있다. 등과 등지느러미가 보였다 안 보였다 헤엄치며 이동하는 것이 보통인데, 흥을 주체 못 하고 사방팔방으로 뛰어오르는 돌고래가 무리 중 꼭 한 마리씩은 있다. 보통은 3~5마리의 가족 단위로 이루어진 돌고래 다섯 무리 정도가 약간의 간격을 두고 같이 다닌다. 어떤 때는 배 주위가 돌고래로 가득해 바다 위가 아니라 돌고래로 만든 오작교를 건너는 느낌이 들 때도 있다. 정말이지 그럴 때는 영화 속 한 장면에 들어와 있는 것처럼 경이롭다.

신기한 건 대부분의 돌고래 떼들이 배를 통과해 지나간다는 점이다. 배와 나란히 헤엄칠 수도 있고 돌아서 갈 수도 있을 텐데 굳이 배 밑으로 지나가는 이유는 뭘까? 배와 부딪칠 위험도 있는데 말이다. 선임사관 분들은 돌고래가 배와 노는 것이라고 말했지만 믿지 않았다. '자기들보다 백배는 더 큰, 재미없는 딱딱한 배와 논다고? 말도 안 돼.' 그러던 어느 날, 배의 선수부인 폭슬^{forecastle}에 갔다가 이 말이 사실임을 목격하게 되었다.

배가 바다에 잠기는 앞부분은 파도의 마찰 저항을 줄이기 위해서 볼록하게 튀어나오도록 설계되었는데 이를 볼보스 바우^{bulbows bow}라고 부른다. 폭슬을 돌아다니다가 무심결에 볼보스 바우를 보았다. 그런데 볼보스 바우 앞에서 열 마리 정도의 돌고래가 헤엄치고 있는 것이 아닌가! 언뜻 보면 배가 돌고래를 쫓고 돌고래는 도망치는 것처럼 보였다. '어, 어, 위험한데!' 배의 속도는 빠른 편이었다. 17.5 노트.

시속으로 따지면 32킬로미터 정도. 차와 비교하면 느리다고 생각할지 몰라도 바다에서 이 정도면 꽤 빠른 편에 속한다. 어선이 어망을 끌고 갈 때 3~5노트, 보통 선박은 10노트나 12노트로 항해한다. 바다에서 20노트 이상으로 다니는 선박은 거의 볼 수 없으니 17.5 노트는 빠른 편이다.

　그런 배 앞에서 여러 마리의 돌고래들이 헤엄치고 있다니! 돌고래가 자칫 스피드를 늦추었다간 바로 뒤에 있는 배와 충돌할 수 있는 상황이었다. 조마조마한 마음으로 지켜보았다. 그런데 자세히 보니 나의 걱정과는 다르게 돌고래들의 움직임에는 여유가 느껴졌다. 물속에서 유유자적 가뿐히 이동하는 느낌. 육중한 배는 물살을 가르는 것이 버거워 보였지만 돌고래는 자신들의 구역에서 신선놀음을 하듯 움직이고 있었다. 가끔 배의 속력보다 더 빠르게 이동하기도 하면서 배와 적당한 간격을 유지하는 것으로 보아 논다는 말이 맞았다.

　순간 배 앞에서 헤엄치던 돌고래 중 한 마리가 이탈했다. 시간이 지나자 다른 한 마리도 옆으로 사라졌다. 그렇게 한 마리씩 사라지더니 결국 마지막 한 마리가 남을 때까지 계속되었다. 그때서야 눈치챘다. 돌고래들은 누가 오래 견디나 시합을 하고 있었던 것이다. 처음에는 열 마리로 시작해 힘들어진 돌고래는 포기하는 방식으로 최후 승자를 가렸다. 마지막까지 남은 돌고래는 시합이 끝났음에도 자신은 아직 더 버틸 수 있다는 것을 증명하려는 듯 한동안 자리를 벗어나지 않았다.

난생처음 돌고래들의 귀여운 경주를 보고 있으니 시간 가는 줄 몰랐다. 돌고래를 보는 것 자체도 신기했지만 이렇게 빨랐다니. 그리고 배를 두고 사람이 하듯 장난을 칠 줄이야. 돌고래 떼들이 배를 통과할 때 행여 다치지 않을까 걱정했었는데 직접 보고 나니 생각이 달라졌다. 돌고래가 배와 논다는 말이 맞았다. 그것도 아주 적극적이었고 생동감이 넘쳤다.

바다의 세계는 감히 가늠할 수 없다. 돌고래들 덕분에 이곳이 생각보다 더 활기차고 재미있는 곳이라는 사실을 깨달았다. 바다라는 무한의 세계, 그 중심을 뚫고 나가는 배, 그리고 돌고래. 이런 광경을 볼 수 있음에 감사할 수밖에. 또 내일은 어떤 바다가 날 기다리고 있을지, 또 어떤 존재를 만나게 될지 설레고 또 설렌다.

행복의
조건

1개월 반의 휴가를 끝내고 다시 6개월의 승선 생활을 하러 돌아갈 때면 그제야 친구들이 묻는다. 배에서는 대체 뭘 하며 지내냐고. 배에도 일터가 있고, 체육관과 노래방 시설도 있다. 여기도 사람 사는 곳이다.

자발적 감금상태인 배 안에서는 행동반경의 제약과 할 수 있는 활동의 한계 때문에 스트레스 해소법을 스스로 터득하지 못하면 생활이 아주 힘들어질 수도 있다.

시간 때우기 1순위는 역시 TV 시청이다. 배는 한 달을 주기로 우리나라로 들어오는데, 그때마다 부산에서 대용량 외장하드를 받는다. 그 안에는 영화, 드라마, 시사 프로그램, 뉴스, 오락 프로그램 등이 한가득 들어 있다. 이 선물꾸

러미를 받고 나면 한동안은 일과 이후 시간이 조용하다. 배 안에는 네트워크가 공유되어 있어 한 군데에만 설치해놓으면 개인 침실에서도 볼 수 있다. 이미 한 달이 지난 프로그램이지만 선원들의 즐거움은 현재진행형이다. 과거의 잔상으로 현재를 소비하면서 내가 이러려고 여기까지 왔는지 회의감에 빠졌던 때도 있었다. 방에만 들어가면 늘어져 하는 일이라곤 TV를 켜는 일이었으니….

　배에서는 통신이 자유롭지 않다. 인터넷이 안 되면 지금이 순간 한국에서 어떤 일이 일어나고 있는지 알 길이 없다. 배의 시간은 그래서 때때로 일시 정지된다. 항해를 하다 보면 바위섬 하나 보이지 않는 망망대해 속에 갇힐 때가 있다. 마치 시간이 정지된 세계로 들어선 것처럼 이정표 없는 사막에 내던져진 기분이 들 때면 가장 먼저 떠오르는 존재가 엄마다. 생각해보면 내 나이 스물일곱. 함께 승선한 선원 가운데 유일한 여성이고, 나이 차도 많이 나다 보니 간혹 물밀듯 차오르는 외로움은 양팔을 둘러 스스로를 껴안아주며 버텨내야 한다. 어리다고, 여자라고 도움을 바랄 수 있는 환경도 아니거니와 이곳에선 자신의 몸 하나는 스스로 지킬 줄 알아야 한다.

　한 번 바다에 나가면 6개월간은 꼼짝없이 배에 묶인다.

'나는 강해졌을까?'

'나는 강해지고 있는 걸까?'

나에게 끊임없이 묻고 또 묻는다. 두려운 만큼, 외로운
만큼 잘 견뎌주길 바라는 마음에서.

육지를 떠나 있으면 소중한 것에 대한 의미가 새로워진
다. 사회적 배경, 재력, 남자, 스펙 따위는 아무짝에 쓸모없
다. 가장 그리운 건, 땅이다. 그리고 그 땅을 밟고 살아가는
사람들이다. 그뿐이다. 당장 내가 행복해질 수 있는 조건이
란 게.

Steering
Light

배의 선수 마스트*에는 'steering light'라는 등이 있다. 안개에 둘러싸인 깜깜한 밤이어도 이 등을 켜면 뱃머리의 위치를 파악할 수 있다. 야간에 좁은 수로나 어선 무리를 통과할 때 주로 사용하는데, 뱃머리가 회전하는 정도를 확인할 수 있어 안전 운항에 큰 도움이 된다. 어선 불빛들과 잘 구별하기 위해 보통 파란 불빛을 쓴다.

두꺼운 안개가 시야를 막은 데다 파도까지 사나운 날이었다. 앞이 흐려 근처에서 조업하는 어선들조차 희미한 실루엣처럼 아른거릴 뿐이었다. 파도가 배를 좌우로 밀칠 때

---

* 배의 중심선 상의 갑판에 수직으로 세운 기둥. 등을 달거나 신호기를 게양하는 데 쓴다. 범선시대에는 돛을 다는 기둥으로 쓰여 '돛대'로 불리기도 했다.

마다 뱃머리가 심하게 흔들렸다. 파도에 맞고 바람이 할퀼 때마다 배는 부르르 떤다. 그 진동은 배와 운명을 같이 한 사람들에게도 고스란히 전달된다. 두꺼운 강판을 밀치고 세차게 긁어댈 때마다 그 힘을 견뎌내는 배의 저항은 강철의 깊고 무거운 신음으로 변해 선체 곳곳에서 메아리친다. 강철의 연결 부위가 삐걱거리거나 때때로 우두둑거리는 소리는 바람과 파도의 작용이 만들어낸다. 작은 섬과 맞먹는 덩치라 할지라도 성난 자연 앞에서는 어쩔 도리가 없다.

이때 배는 무엇을 할 수 있을까. 사실 아무것도 할 수 없다. 동력을 유지하고, 선수에서 빛나는 별을 따라 지금의 항로를 이탈하지 않으려 최선을 다할 뿐이다. 피하고 싶어도 피할 수 없는 것을 우린 운명이라 한다. 그러니 지금 내 눈앞의 거대한 바람과 파도는 운명일 뿐이다.

운명은 거역할 수 없다. 견뎌야 한다.

운명을 극복한다거나 맞선다는 거창한 포부는 자연 앞에서 부질없다. 나는 마스트에 켜진 불빛 하나에 의지한 채 방향을 잃지 않으려고 애쓴다. 바다가 잔잔해질 때까지. 삶의 시련을 극복하란 말이 때론 무책임하게 들릴 때가 있다. 극복이란 말의 추상성이 너무 커 사실 그 단어가 진정 무슨 의미인지조차 알기 어렵다. 누구나 들어 익숙하지만, 누구도 제대로 설명할 도리가 없는 그런 추상성이 극복이란 두 음절에 갇혀 있다. 그러나 극복이 아니라 순응이라면 누구나 할 수 있는 일이 된다. 좌우로 휘몰아치는 삶 앞에 거창한 어떤 철학(철학이라고 하지만 설명하거나 이해할 수도 없는)을 내보이는 게 아니라, 당장 지금의 자리에서 할 수 있는 일(나의 경우에는 뱃머리의 불빛에 눈을 떼지 않는 일)에 집중하고 그 삶을 유지하다 보면, 상황은 곧 언제 그랬냐는 듯 고요해져 있었다.

바다를 잘 안다고 할 수는 없지만 몇 해간 대양을 떠돌면서 내가 만난 바다는 늘 그랬다. 아무리 배가 흔들리고 요동쳐도 선수의 빛은 늘 그 자리에 있다. 그 빛을 놓치지 않는다면 우리는 결코 방향을 잃지 않는다. 삶을 억지로 극복하려 하지 않고 있는 그대로 순응하며 기다릴 때 다시 나아갈 길이 열리는 게 아닐까.

바다가 잔잔해지고 안개가 옅어졌다. 어느새 검은 바다는 푸르고 투명한 피부를 드러내며 심해까지 비추고 있었다. 그렇게 길이 다시 열렸다.

일단
결정!

나는 어렸을 때부터 결정을 잘 못 했다. 아이스크림을 먹고 싶어 슈퍼마켓을 가도 어떤 맛을 골라야 할지 몰라 10분 넘게 고민했다. 나중에는 고민 자체가 싫어 친구들의 선택을 따랐다. 친구들이 가고 싶다고 하는 곳이 나도 가고 싶은 곳이었고, 그들이 먹고 싶은 것이 나도 먹고 싶은 것이었다. 이런 우유부단한 성격은 항해사를 준비하기 전까지 크게 문제가 되진 않았고 남들의 의견에 맞춰 잘 살아왔다. 하지만 대학교 3학년 때 한 수업을 통해 결정 못 하는 성격을 고쳐야 함을 절실히 느꼈다.

"어떻게 하지?"

"Starboard(오른쪽)로 피해."

"Port(왼쪽)로 가."

"어…어…어……어떻게 하지, 어떻게 하지…"

'꽝!'

줄지어 오던 요트 한 척과 선박이 충돌했다. 화면은 더 이상 움직이지 않았고 충돌한 장면에서 계속 멈춰 있었다. 머릿속이 하얘졌다.

대학교 3학년 때, 실제 항해 상황과 비슷하게 마련된 공간에서 가상 화면으로 시뮬레이션을 해보는 수업이 있었다. 다섯 명이 한 조가 되어 돌아가면서 선장 역할을 했는데, 내가 선장이었을 때 충돌사고가 일어난 것이다.

좁은 수역에서 우리 배 앞으로 줄지어 횡단하려는 세 척의 요트. 오른쪽으로 뱃머리를 돌려 앞으로 지나갔거나, 왼쪽으로 돌려 뒤로 지나갔다면 사고는 일어나지 않았을 것이다. 그런데 누구의 말이 옳은지 우왕좌왕하는 사이 사고가 나버렸다. 누구를 탓할 수도 없었다. 내가 최종결정자이자 책임자였으니까. 실제 선박이었다면 선체 훼손은 물론 인명 사고까지도 이어질 수 있는 상황이었다. 친구들은 대수롭지 않게 넘기고 역할을 바꿔 수업을 계속했지만 나는 그 장면이 머릿속에서 지워지지 않았다.

'결정을 내리고 빨리 실행에 옮겼더라면…'

　우유부단한 나의 성격이 바다 위에서는 치명적인 위험으로 이어질 수 있다는 걸 처음으로 깨달은 날이었다. 바닷길은 차가 다니는 도로, 즉 육지와는 확연히 다르다. 눈앞에 아무것도 표시되어 있지 않은 수면이 전부다. 비교하자면 도로에 노란 선, 흰 선, 신호등, 표지판 없이 검은색 아스팔트만 있는 셈이다.

　정답은 없다. 오른쪽으로 피하든 왼쪽으로 피하든 잠시 속도를 줄였다 가든 충돌을 피하기만 하면 된다. 제일 중요한 것은 위험이 감지된 순간 결정을 빨리 내리는 것. 일단 결정을 내리고 행동으로 옮기면 길은 계속 이어져 있고, 이내 다음 갈 길이 보인다.

　항해사라는 직업적 특성 때문에 주저하는 성격을 상당 부분 개선했는데, 뜻밖에 삶에서도 작은 변화들이 일어났다. 내가 먹고 싶은 음식, 가고 싶은 곳, 하고 싶은 것들을 스스로 결정하게 됐다. 무작정 남을 따르지 않고 내가 좋아하는 것을 하면서 주체적인 삶이 가능해졌다. 언제든 책임은 나에게 있다. 타인의 의견을 따르든, 나의 의견대로 하든 어차피 결과를 책임져야 한다면 스스로의 선택을 받아들이는 편이 더 낫지 않을까.

오늘도 자신에게 되뇐다. 주저하지 말고 일단 결정하자. 지금의 선택이 다가 아니니까. 정답은 정해지지 않았으니까. 일단 결정하면 다음 길이 보이니까.

여성
항해사

"힘들지 않으세요?"

　배를 타는 항해사가 직업이라고 하면 늘 듣는 질문 중 하나였다.

　"네, 괜찮아요. 소중한 사람과 떨어져 있어야 한다는 게 아쉽긴 하지만 견딜 만해요."
　"아니 그거 말고요. 여자라서 배 생활이 힘들지 않나요?"

　질문을 듣고 새삼 놀랐다. 배 타는 것만 생각했지 내 성별에 초점을 둔 적은 별로 없었기 때문이다. 뭐라고 답해야 할지 몰랐다. 그냥 괜찮다고 얼버무렸다. 집에 돌아와서 곰

곰이 생각해봤다. 질문을 한 사람은 거친 남자들이 중심인 배에서 여자로 생활하는 것이 걱정이었던 걸까.

배를 타는 순간부터 내가 여자라고 생각한 적은 없다. 그래서 질문을 듣고 더 당황했던 것 같다. 내가 맞닥뜨린 어려움은 배 생활을 하면서 생긴 것이었지 '여자라서' 힘든 점은 아니었다.

흔히 남자와 여자의 차이로 가장 먼저 떠올리는 것은 '힘'이다. 배는 거의 모든 것이 쇠로 이루어져 있고 기기들도 무겁기 때문에 힘을 써야 하는 일이 많다. 다른 사관들은 거뜬히 한 번에 들 수 있는 물건들을 나는 두세 번을 나눠 들어야 했다. 하지만 이것도 배의 특성상 힘든 일이었지 여자라서 힘들다고 생각하진 않았다.

사실 나보다는 나와 함께 배를 타고 생활하는 사람들이 더 불편할지도 모른다. 힘에 부치는 일이 있으면 도와줘야 하고 남자들끼리 생활할 때와 달리 옷차림에도 신경을 써야 하니 말이다.

이런저런 이유로 여성 항해사의 승선이 거절될 때가 종종 있다. 아마도 위와 같은 이유들에서 크게 벗어나지 않을 것이다. 여성이어서 부족한 점이 있겠지만 동시에 여성이기에 강한 점도 분명히 있다. 부족한 점을 개선하려 하기보다 자신의 장점을 더욱 키워나가는 것이 조직 생활에도 도움이 된다고 생각한다. 힘으로는 당연히 남성을 따라잡을 수 없다. 이것은 의지의 문제가 아니니까.

그것만 아니라면 내가 남성 사회에서 못 살아남을 이유는 존재하지 않는다. 난 여성 항해사다.

그렇게 길이 다시 열렸다

나는 강해지고 있는 걸까?

2장

상상하지 못했던
새로운 세상

바다 위를 떠다니는
10층짜리 아파트

길이 200미터, 폭 30미터, 높이 50미터. 내가 생활하고 있는 배의 크기다. 운동장 두 개를 합쳐놓은 것과 거의 맞먹는다. 5미터 이상의 거센 파도나 태풍을 만나지 않는 이상 흔들림조차 잘 느껴지지 않는다. 바다 위를 떠다니는 10층짜리 아파트라고 생각하면 된다.

이곳에서 생활하는 사람은 고작 18명이 전부다. 배 안에는 욕실이 딸린 각자의 방이 있다. 그 밖에도 식당, 헬스장, 탁구장, 노래방 시설도 갖춰져 있으니 있을 건 다 있다.

처음 배를 탔을 땐 모든 것이 신기했고 배는 곧 내가 아는 세상의 전부였다. 그러나 익숙함은 바닷바람을 타고 서서히 삶을 적셔왔다. 익숙함이 커질수록 세상은 좁아져 갔다. 같은 동선, 같은 사람, 같은 바다, 같은 바람이 날 맞았다. 어제와 같은 오늘이 지나는 동안 멍해질 때도 많았다.

선미에서 갈라진 두 물길은 유선형의 측변을 타고 돌아 흩어지듯 물보라를 일으키며 사라진다. 배의 기계음을 제외하곤 아무 소리도 들리지 않는 바다에서는 배가 물을 밀치고 전진하는 소리만 들린다.

밀려가는 바닷물을 응시하다 보면 마치 바다가 움직이고 있다는 착각이 든다. 배가 흐르는 것인지, 바다가 스스로 밀려 사라지는 것인지 착시가 가져오는 잠깐의 멀미에 고개를 들어 하늘을 올려다보곤 했다. 뭔가 속이 좋지 않은 기분…. 멀미하고는 달리 뭔가 보지 말아야 할 것을 본 기분이랄까. 바다는 1미터 안도 보이지 않는 짙은 어둠을 담고 있었다. 그리고 그 어둠이 빠르게 출렁이고 흘러갈 때 느껴지는 이 감정은 내면의 우울과 맞닿아 있을지도 모른다는 생각을 했다.

바다를 보고 있으면 뛰어들고 싶은 충동을 느낀다고 했던 누군가의 말이 생각났다. 순간 부르르 몸이 떨려왔다. 얼른 고개를 돌렸다. 바다로 나오고서야 지금껏 바다를 알지 못했다는 사실을 깨달았다. 항해를 반복하는 동안 바다

는 내게 더욱 깊이 몸을 감추었고, 난 보다 조심스러워졌
다. 바다에 대해, 자연에 대해, 그리고 그런 사실을 깨달아
가는 나 자신에 대해.

흔들리는
배 안에서도

말레이시아를 출항해 말라카 해협을 지나 싱가포르로 나올 때까지 선장님의 최대 관심사는 태풍이었다. 필리핀 동부에 발생한 TD* 때문에 선장님은 불길한 예감을 안고 바다를 주시하고 있었다. 결국 TS**로 발달하고 말았다. 태풍은 필리핀 서부에서 서쪽으로 이동하고 있었다.

선장님의 고민은 계속되었다. 싱가포르를 출항하기 전까지 기상 관련 사이트를 계속 확인했다. 필리핀에 붙어가는 것이 나을지, 베트남에 붙어가는 것이 나을지 고민이었다. 필리핀 쪽으로 기수를 돌리면 처음 만나는 태풍은 피할 수

---

* Tropical Depression. 약한 열대저기압으로 태풍 전 단계.
** Tropical Storm. 열대폭풍, 일명 태풍.

있었다. 하지만 필리핀 동부에서 또 다른 태풍이 서향하고 있어, 자칫하면 두 태풍 사이에 갇히게 될지 모를 일이었다. 베트남으로 붙어서 가면 두 번째 태풍은 걱정 안 해도 되지만 첫 번째 태풍의 위험을 피할 수 없었다.

서쪽으로 다가오고 있는 첫 번째 KAI-TAK 태풍이 갑자기 방향을 틀어 남하하기 시작했다. 선장님은 필리핀에서 항로를 틀어 베트남 쪽으로 바꿨다. 태풍이 싱가포르 쪽으로 남하하기 전에 베트남 연안을 따라 우리 배를 빠르게 통과시킬 계획이었던 것이다. 싱가포르를 출항하자마자 우리 배는 평소보다 속력을 높였다.

출항한 지 이틀 뒤, 바다가 사나워지고 백파가 일렁이기 시작하더니 본격적인 흔들림이 시작되었다. 바로 눈앞에 족히 건물 3층 높이는 되어 보이는 성난 파도가 하늘로 솟구쳤다가 다시 고꾸라졌다. 하늘이 흔들렸고 성난 바람 소리가 허공에서 파도와 섞이며 찢어지는 소리를 냈다. 갈퀴를 세운 파도는 배를 넘어오려 아우성이었다. 한 번씩 뱃머리에 제대로 맞으면 강철이 찢기는 파열음이 났다. '쾅'하는 충격과 함께 부르르 갑판이 떨리는 것이 느껴질 정도였다. 그러다 일순간 파도가 20미터 이상 솟구치더니 그대로 갑판으로 고꾸라졌다.

문밖에서 들리는 바람 소리도 엄청났다. 손톱으로 칠판을 긁으면 소름끼치는 사람 목소리처럼 들릴 때가 있는데, 그와 비슷했다. 풍속 40노트, 약 20m/s의 바람이었다. (풍속 17m/s 이상이면 태풍이라고 한다.) 바다와 하늘밖에 없어 그 어떤 보호막도 없는 이곳에서는 바람의 힘을 온전히 받아낼 수밖에 없다. 게다가 바람이 세지면 바람이 만들어내는 파도도 강해진다.

이 거대한 배도 바다 위에서는 작은 존재에 불과하다. 인간이 아무리 뛰어난들 자연의 힘 앞에서는 종잇장에 불과하다는 것을 배를 타며 무수히 경험했다.

배가 흔들릴 때면 주변의 사물 전부가 위험 대상이다. 철로 된 손잡이가 갈비뼈를 부숴버릴 수도 있고 냉장고, 책상, 날카로운 물건들이 흉기가 되어 나를 향해 돌진할 수도 있다. 배에서의 태풍은 진도 8 이상의 지진과 태풍을 동시에 겪는 것과 맞먹는다.

날씨가 안 좋아질 조짐이 보이면 선원들은 본인들 방의 물건부터 고정한다. 흉기가 될 만한 것들은 모조리 상자에 넣어서 바닥에 둔다.

배에 있는 가구들은 이미 배가 요동칠 것을 대비해 만들어졌다. 개인 침실만 보더라도 냉장고는 경첩으로 잘 고정되어 있으며 전화기, 스탠드도 고정시킬 수 있는 장치가 있다. 책꽂이는 책들이 쏟아져 나오지 않도록 가로로 꽂는 막대로 고정한다. 의자는 책상 아래에 단단히 고정해놓을 수 있다. 또 특이한 점이 있다면 가구에 틈이 없다. 보통 가정집의 소파나 침대에는 다리가 있고 아래에 틈이 있어서 먼지가 쌓이거나 조그마한 물건들이 굴러 들어갈 수 있다. 하지만 배에 설치된 가구에는 틈이 없이 막혀 있어서 물건이 굴러 들어갈 염려가 없다.

흔들리는 배 안에서 고정되지 못한 것은 오로지 사람뿐이다. 흔들리는 배 안에서도 이제 잠을 청할 수 있다. 뱃멀미를 하지 않는 것은 가히 축복이었다. '흔들리지 않고 피는 꽃이 어디 있으랴'는 글귀를 본 적이 있다. 맞다. 흔들릴 때 사람은 더 준비하게 되고 강해진다. 바다가 흔들어댈수록 우리의 극복 의지는 더 강해졌다.

철저히
혼자가 되었을 때

분명 하루를 잘 마무리했다. 아침 당직을 마치고 점심을 먹고 오후 1시부터 1항사님을 따라다니며 컨테이너 고박장치 재고를 조사하는 일을 도왔다.

얼굴만 한 쇳덩이를 나르며 개수를 세는 일은 생각보다 힘들었다. 400개 가까이 되는 AUTO CONE*을 세고 나서야 일이 끝났다. 땀을 잘 흘리는 편이 아니지만 35도를 넘나드는 날씨에 꽤 무거운 쇳덩이를 옮기는 것은 만만한 일이 아니었다. 마지막 개수를 세고 난 뒤, 서로 말은 하지 않았지만 각자의 몰골은 볼 만했을 것이다.

---

* 컨테이너 고박장치 중 하나. 컨테이너 아래 네 모퉁이에 설치해 컨테이너를 고정시키는 역할을 한다.

고된 일에 대한 보상으로 저녁 식탁에 삼겹살과 소고기가 올라왔다. 나는 식사 후 마쳐야 할 일이 있어서 조금 일찍 식당으로 내려왔다. 식사 손님을 기다리는 불판이 테이블마다 달구어져 있었고 텅 빈 식당에서 혼자 밥을 먹었다. 저녁 당직이 시작됐지만 왠지 기분이 가라앉았다. 이날따라 바다에 불빛 하나 보이지 않았다. 먼바다의 상선 불빛도 없었고, 수평선조차 보이지 않을 정도로 깜깜했다. 바다와 하늘 사이에 어둠이 내리자 검은 도화지 한 장이 눈앞을 가로막은 느낌이 들었다. 눈을 가리자 귀가 열렸다. 잔잔한 배의 진동과 배에 부딪히는 파도 소리, 파도를 타고 상승하는 바람 소리, 아래층 몇 사람의 발소리….

눈을 감고 소리를 쫓았다. 어둠 속에서 소리가 그려낸 영상이 하나하나 빈 공간을 채워갔다. 가족들, 엄마가 끓여준 찌개를 떠올리는데 나도 모르게 얼굴에 미소가 떠올랐다. 가끔 철저히 혼자가 되어보면 바로 그때 신은 나에게 진정 소중한 것들을 보여준다. 밖으로 빼앗길 시선마저 차단되면 그제야 내가 진정 바라는 마음의 소리가 들린다. 그 소리는 너무 작아서 TV 소음에도 쉽게 묻혀버린다. 조용히, 아주 조용히 바깥의 소리를 줄이고 나를 낮춰 귀를 기울일 때 비로소 들린다.

지금 이 순간. 내 마음이 말한다. 너에게 소중한 것은 엄마가 지어준 저녁밥, 사랑하는 가족과 친구들이라고. 지금 너에게 들리고 보이는 바로 그것뿐이라고.

두 발을 땅에
딛고 있다는 것만으로

바다에서 물밀 듯 차오른 외로움을 육지로 돌아와 사람들을 만나며 차근차근 지워가고 있을 때였다. 일요일 아침 어느 독서 모임에 참여했다가 공통 질문에 답해야 하는 시간이 있었다. '지난 한 주간 감사했던 일'이 무엇이었는지 묻는 질문이었다.

'지난 한 주 동안 감사한 일이라...'

바다 위에서와는 다르게 눈코 뜰 새 없이 바빴던 하루들을 회상해보았다. 드디어 가족 모두가 식탁에 앉아 밥을 먹었다. 함께 장을 보러 가고, 저녁에는 아빠가 깎아주는 밤을 먹으며 가족끼리 도란도란 이야기를 나눴다. 친한 친구가 휴가를 내고 집에 놀러 와 온종일 누워서 이야기하며 빈둥거렸다. 집에서 나와 주변을 걸어 보았다. 오랜만에 보는 초록색 산과 나무들. 미미한 진동이 없는, 가만히 밟아 볼 수 있는 흙의 감촉. 싱그러움에 나도 모르게 숨을 크게 들이쉬며 '이게 땅의 향기지' 하며 흡족해했던 순간들. 조금 걸으니 어느새 시내에 닿았고 6개월 전과 달리 새로운 가게들이 즐비한 것에 놀라는 한편 사람들로 붐비는 활기찬 분위기에 덩달아 기분이 들떴던 순간들. 다양한 커피 중 좋아하는 종류를 골라 먹을 수 있었고 서점에 들러 마음에 드는 책을 바로 읽을 수 있었다.

지난 한 주간 있었던 감사한 일들을 모두 말한다면 밤을 새워도 모자랄 판이었다. 머릿속으로 있었던 일들을 회상하는 것만으로도 기분이 뭉클해졌고 그것마저도 감사했다. 이 모든 감사함을 어떻게 말할까 고민하다가 그때마다 들었던 생각을 이야기했다. 그리고 말하고 있는 순간에도 느끼고 있는 감정.

"저는 두 발을 땅에 딛고 있다는 것만으로도 너무 감사해요. 지금 이 순간도 너무 감사해요."

순간 분위기가 조금 숙연해졌다. 하지만 진심이었다. 배를 탄 후 그 전엔 없었던 습관이 하나 생겼다. 바로 전지적 관찰자 시점이 되어 보는 것.

휴가 중 사람들을 만나서 이야기를 나눌 때면 나는 가끔 말하고 있는 나에게서 벗어나 높은 나뭇가지에 앉아 있는 새가 되어 본다. 그리고 생각에 잠긴다. 그럴 때면 어김없이 보이는 잔상. 어둡고 외로운 바다, 유일하게 방안을 밝히는 조그마한 전등 앞에 앉아있는 한 사람. 그리고 지금 사람들과 이야기를 나누며 미소 짓고 있는 한 사람. 관찰자 시점의 결론은 늘 정해져 있다.

'아, 지금 이 순간이 얼마나 행복한지!'

한 발짝 떨어지면
보이는 것

오늘 할 일을 계획하고 실천하고, 늘 똑같은 시간에 당직을 서고 밥을 먹고, 종종 발생하는 예기치 못한 상황을 처리하고, 놀랄 만한 화젯거리 없이 소소하게 사관들과 이야기를 나눈다. 그러다 문득 내가 집중하는 것들로부터 한 발짝 떨어지면 보이는 것들이 있다.

늘 똑같은 공간. 바다를 가로지르는 배의 미미한 진동. 에어컨 소음. 시곗바늘 움직이는 소리.

그중에서도 자기 할 일을 하는 선원들이 눈에 띈다. 다들 아무 말 없이 각자 배에서 맡은 업무를 수행하고 있다. 누군가 시키지 않아도. 봐주지 않아도. 그저 묵묵히. 관심받지 않고 일하는 것에 다들 익숙해져 있다.

배의 곳곳에서 묵묵히 일하는 선원들을 보면 한번씩 이렇게 한 발짝 벗어나 생각하게 된다. 망망대해. 바다와 하늘, 구름밖에 보이지 않는 배라는 공간에서 혼자 일하고 있다는 사실. 아무것도 보이지 않는 대양에서 아무렇지도 않게 일하기까지 짊어져야 했을 외로움과 고단함, 땀과 피로. 그 덕분에 우리 배가 문제없이 움직이고 있다. 18명의 선원이 배의 곳곳에서 흘린 땀 덕분에 나 역시 이곳에 안전하게 있을 수 있다.

그럴 때마다 나는 하던 일을 멈추고 슬며시 다가가 활짝 웃으며 말을 건넨다. '수고하십니다.' 그들의 노력에 비하면 잠깐의 시간, 말 한마디, 미소 한 번은 아무것도 아니니까.

한 발짝 떨어져 보면, 나도 모르는 사이 증발된 수많은 선원들의 땀이 얼마나 진하고 값진지 비로소 보이게 된다.

다 큰
어른

자정이 넘은 시각, 어둠이 깔린 바다. 칠흑같이 깜깜한 밤이었다. 식은땀이 목덜미를 타고 흘렀다. 뒷걸음질을 치다가 차트 테이블 앞에서 멈춰 섰다. 테이블에 기대어 모서리를 움켜잡았다. 어둠에 적응한 눈으로 문밖을 살폈다. 사람이 서 있을 만한 공간이란 공간은 모두. 고개를 돌리지는 않았다. 적막한 밤이라 내 숨소리조차 너무 크게 들렸다. 최대한 숨을 죽였다.

'틱틱, 티리리틱'

섬찟한 기분이 들어 소리가 난 쪽을 보았다. 항해 정보를 받는 기기에서 수신한 정보를 인쇄하는 소리였다. 재빠르게 눈을 돌렸다. 어느 한 군데에만 시선이 머물렀다간 다른 곳에서의 움직임을 놓칠 수도 있다.

'삐 삐 삐 삐'

항해 기기에서 나는 알람 소리였다. 정지 버튼을 누르고 재빨리 원래의 자리로 돌아왔다. 민첩하게 행동하는 동시에 겁먹지 않으려 스스로를 다그쳤다.

저녁 당직, 그날도 크게 다를 바 없는 당직이었다. 주변에 선박도 어선도 없어 예민하게 신경 쓸 것도 없었다. 네 시간 동안 아무것도 보이지 않는 바다를 보며 서 있는 것이 당직자의 임무였다.

브리지에는 BNWAS^{Bridge Navigational Watch Alarm System}라는 기기가 설치되어 있다. 정해진 시간 안에 사람의 움직임이 포착되지 않으면 경고음이 울리는 시스템이다. 처음에는 브리지에 알람이 울리고 또 움직임이 없으면 항해사들 방에 알람이 울린다. 안전한 항해를 위해 설치해놓은 것으로, 졸음 방지는 물론 혹시나 항해사가 쓰러졌을 때를 대비한 시스템이다. 우리 배는 5분 간격으로 설정돼 있어 5분마다 움직임을 보여야 한다. 귀찮기는 하지만 적당히 움직이며 일해야 했다. 그러다 잠시 멍해진 순간이 있었다. 순간 BNWAS 알람이 걱정되어 화면으로 눈을 돌렸다.

'응? 나는 안 움직였는데'

계속 쳐다보았다.

'04:59' '04:58' '04:57' 다시 '05:00'
'04:59' '04:58' 다시 '05:00'
'04:59' '04:58' '04:57' 다시 '05:00'

기기가 어떤 움직임을 인식하고 몇 초마다 리셋 되기를 반복했다. 나는 분명 움직이지 않았는데 말이다. 이상해서 센서가 있는 쪽을 보니 문제는 없어 보였다. 뭔가 기분 나쁜 예감이 들었다. 그때 갑자기.

'탁'

익숙한 소리가 들렸다. 밖으로 나가는 문이 열릴 때 나는 소리였다. 그것도 손잡이를 잡고 돌렸을 때 나는 소리. 숨을 죽이며 그곳을 바라보았다.

'끼기기기긱'

문이 스르르 열렸다. 온몸에 소름이 돋았다. 그곳엔 아무도 없었다. 순간 감전이라도 된 것처럼 몸을 움직일 수 없었다. 온갖 생각들이 다 스쳤다. 무언가가 어둠 속에서 나를 쳐다보고 있는 느낌을 지울 수 없었다. 실제 배에서 귀신을 봤다는 선배도 있었고, 오래된 배에는 죽은 사람이 꼭한 명씩은 있다는 이야기가 있었다. 생각해보니 이 배에서도 사람이 죽었었다. 내가 컨테이너를 싣는 화물창에서 타수 한 명이 떨어져 추락사했던 사고. 갑자기 오금이 저렸다.

'문을 닫아야 하는데…'라고 되뇌었지만 진짜로 그 문을 닫기까지 한 시간이 넘게 걸렸다. 다행히 뭔가를 보진 못했고 나는 멀쩡했다. 지나고 보니 혼자 오버한 것 같아 머쓱하기까지 했다.

이제 다 큰 어른이라고 생각했는데. 3만 톤이 넘는 배를 운전하면서 고작 귀신 따위를 상상하며 벌벌 떤 걸 생각하면 우습기도 하다. 그래, 스물일곱은 아직 어린 나이다. 그날 밤을 떠올리면 사실 지금도 조금 섬뜩하다.

배에 내리는 비는
낭만적이지 않다

예전에는 줄기차게 내리는 비를 보며 감상에 젖곤 했지만 요즘은 선체와 화물을 먼저 생각하는 걸 보면 나도 이제 뱃사람이 다 되었나 보다. 비만 내리면 화물창 안에 선적된 화물들이 여간 신경 쓰이는 게 아니다.

컨테이너는 선체 화물창^{cargo hold} 또는 갑판상^{on deck}에 선적된다. 화물창은 배의 내부에 해당하는 공간으로 밖에서는 보이지 않는다. 화물창 내부에 컨테이너를 먼저 싣고 그 위에 선창 덮개^{hatch cover}라는 철로 된 덮개로 닫는다. 그리고 그 위에 다시 컨테이너를 선적하는데 이를 갑판상에 실렸다고 표현한다. 보통 컨테이너선이라고 하면 배 위에 여러 단으로 선적된 컨테이너들만 떠올리는데, 그것들은 갑판상에 선적된 일부일 뿐이다.

 화물창의 수는 컨테이너선 크기에 따라 다르다. 길이가 길수록 화물창이 많아진다. 내가 탄 배에는 다섯 개의 화물창이 있으며 선수부터 선미에 이르기까지 1번~5번으로 나누어져 있다. 화물창 내부에 선적된 컨테이너를 확인하기 위해서는 각각의 hatch cover 사이의 통로를 통해 20미터 깊이의 화물창 안으로 들어가야 한다. 화물창은 서로 분리되어 있어 만약 3번 화물창에서 4번 화물창으로 가고 싶으면 다시 갑판으로 올라와서 4번 화물창으로 난 입구로 들어가야 한다.

 비가 오는 날 hatch cover 밑으로 빗물이 들어가기라도 하면 화물창 제일 밑바닥부터 침수가 일어날 수 있다. 화물창 바닥 모서리에는 물이 모이게 되는 빌지 웰^{bilge well}이라는 공간이 있는데 이곳에 물이 차면 알람이 울린다. 알람은 선원들이 생활하는 거주 구역에 울리게 되어 있어 실시간 침수 상태를 파악해 물을 밖으로 배출시킬 수 있다. 그럼에도 우려되는 것은 혹시 발생할지 모를 장치 이상이다. 물이 찼음에도 알람이 울리지 않는 사고가 종종 있었기 때문에 비가 오면 1항사들의 신경이 날카로워지곤 한다.

배에서는 주기적으로 bilge well 알람 테스트를 시행한다. 직접 bilge well 공간까지 내려가 알람을 작동시키는 ball을 위로 올리고 알람이 울리는지 확인하는 것이다.

하루는 1항사님이 이 테스트를 시행하셨다. 듣기에는 간단한 이 테스트를 시행하는 데에는 적어도 네 사람이 필요하다. 화물창 바닥 bilge well에서 알람이 작동하도록 ball을 위로 올리는 사람, 기관실에서 알람이 오는지 확인하고 알람을 reset 시키는 사람, bilge 배출이 가능한 사무실에서 알람이 표시되는지 확인하는 사람, 깊숙한 화물창에서 사무실이나 기관실까지는 통신이 닿지 않기 때문에 둘 사이를 중계해주는 사람. 오늘 나의 역할은 중계자였다. 브리지에서 무전기를 통해 테스트의 시작과 알람의 유무를 중계했다. bilge well이 하나인 1번 화물창을 제외하고 나머지 화물창은 Port(왼쪽), Starboard(오른쪽) 두 군데에 있어 총 아홉 번을 한 셈이다.

이 테스트를 시행하면서 가장 고생하는 사람은 직접 화물창에 내려가 알람 ball을 올리는 사람이다. 나머지 사람들은 사무실에서 가만히 알람이 오는지 안 오는지 지켜보고 보고만 하면 되지만 현장에 있는 사람은 이리저리 돌아다니며 알람이 울릴 때까지 ball을 올리고 있어야 한다.

우리 배는 알람이 울리는 데 2분의 지연 시간이 있어 2분 동안 올리는 자세를 유지해야 한다. 빛이 들어오지 않아 습하고 답답해 가만히 있어도 땀이 나는 곳이다. 그런 곳에서 허리를 숙여 물이 닿는 높이 근처의 ball을 2분 동안 들어 올리는 일은 곤욕 그 자체다.

실제로 여섯 번째 테스트로 넘어가자 "다시 한번 부탁드립니다"라는 말에 "힘들단 말이야"라고 돌아오는 대답에 투정이 묻어났다. 그럼에도 끝까지 수행해내는 모습이 대단하게 느껴졌다.

테스트를 종료하고 브리지로 올라오신 1항사님의 모습은 힘들어 보인다는 표현으로는 어림도 없었다. 방금 수영을 하다 나온 사람처럼 온몸이 땀으로 젖어 있었다.

배 위에서는 저마다의 역할이 있다. 1항사로서 책임을 다하는 것은 당연한 일이겠지만, 여기 있는 사람들 중 누구도 평소 역할에만 충실하면 된다는 생각을 가진 사람은 없다. 함께 승선한 사람들과 그들의 가족을 생각하면 안전은 결코 부차적인 부분이 될 수 없기 때문이다.

배 위에서의 책임은 땅 위에서의 책임과 비교할 때 그 무게가 다르다. 첫 번째는 내 목숨을 지키는 일이고, 두 번째는 동료의 목숨을 지키는 일이다. 그리고 마지막으로 3만

톤의 배와 화물을 지키는 일이다. 책임을 무게로 따지자면 최소 3만 톤 이상이다. 그러니 인진 또 안전에 신경 써야 함은 당연하다.

바구니
배

베트남 호치민 항으로 향하는 길에 말로만 듣던 바구니 배를 마주했다.

선장님은 우리 항로가 베트남으로 들어가는 것을 아시고 배에 승선하자마자 바구니 배를 조심하라며 신신당부했다. 나도 실제로 본 것은 이번이 처음이었다.

한 사람만 들어갈 수 있는 크기에, 바구니 모양을 한 배에 탄 사람이 낚시를 하고 있었다. 따로 동력이 없어 손이나 노를 저어 이동했다. 얼핏 보면 웬 바구니 하나가 바다에 덩그러니 표류하는 것처럼 보인다. 동력이 있는 조그마한 어선이 바구니 배를 풀어두고 수거하는 식이다.

그런데 이 바구니 배는 레이더에 잘 잡히지 않는다. 크기도 조그마해서 자칫하면 파도로 오해할 수도 있다. 레이더로는 파악에 한계가 있어 육안으로 살펴 기며 피하는 수밖에 없다. 보통 바구니 배는 모선을 주위에 두고 몰려있기 때문에 하나를 발견하면 주변에 수많은 배들이 있다고 봐야 한다.

이번 경우도 마찬가지였다. 멀리서 바구니 배를 한 척 발견하고 주위를 보니 수십 척이 일정한 간격을 두고 흩어져 있었다. 멀리서 보였던 배들이 점점 가까워졌다.

나는 호기심 어린 마음으로 쌍안경을 들어 얼굴에 밀착시켰다. 비좁은 바구니 안에 중년으로 보이는 남성이 앉아 있었다. 베트남 특유의 창이 큰 모자를 쓰고 맨손으로 낚싯줄을 들었다 올렸다 하고 있었다. 가끔 낚싯대를 사용하는 사람도 있었다. 대부분 허름한 옷을 입고 있었다. 비 올 때를 대비한 우산과 노로 보이는 긴 장대가 바구니 안쪽에 비스듬히 세워져 있었다. 가만 보니 남성만 있는 것이 아니었다. 30~40대로 보이는 여성들도 있었다.

쌍안경으로 보고 있는 나와 그들의 눈이 마주쳤다. 순간 흠칫 놀랐지만, 의외로 그들은 별 관심 없다는 무표정한 눈빛을 내게 보냈다. 덕분에 시선을 피하지 않고 그들이 사는 모습을 살펴보았다. 표정에는 전부 생기가 없었다. 무심한 얼굴 아래로 삶의 고단함이 비쳤다. 큰 배가 지나다니는 길목에서의 낚시는 위험한 일이다. 그런 위험을 무릅쓰며 작은 배에서 잡아 올린 몇 마리의 생선이 그들의 하루를 책임질 양식이라 생각하니 애틋한 마음이 들었다.

나는 그들과의 안전거리를 유지하며 배를 몰았다. 충돌을 피하는 것은 물론 혹여나 우리 배가 바다를 가로지르며 밀어낸 물살에 바구니 배가 휩쓸리지 않도록 신경 썼다.

바구니 배 무리를 보내고 한참이 지나도 착잡한 마음은 사라지지 않았다. 누구나 사는 게 수월할 수가 없다. 배는 아득히 멀어졌지만 배에 타고 있던 사람들의 표정은 쉽게 잊히지 않았다.

슬픔의
반대말은

배를 타는 사람들에게 상륙은 어떤 의미일까.

특별한 일이 없는 이상 한 번 승선하면 최소 6개월 동안 배에서 생활하니, 넓은 바다에서 우리가 발 디딜 수 있는 곳은 오직 철로 이루어진 배 위 공간이다. 배에서 돌아다닐 수 있는 공간은 운동장 두 개를 합친 넓이보다 조금 넓겠지만 실제 하루 일과를 생각해보면 100제곱미터는 돌아다닐까 싶다.

특별한 일 없는 평범한 하루를 생각해보자. 아침에 눈을 뜨면 E-DECK에 있는 방에서 나와 A-DECK에 있는 식당에서 밥을 먹고 같은 층에 있는 SHIP'S OFFICE에서 배로 들어온 이메일을 확인하고 F-DECK에 있는 브리지에서 당직을 서고 당직을 마치면 A-DECK에 있는 BCR^{Ballast Control} Room에서 업무를 본다.

따져보면 하루에 200걸음도 안 되는 셈이다. 사람의 생각은 행동반경과 비례한다는 말이 있던데 그 말이 맞다면, 내 생각의 크기는 200걸음에 불과한 것이다. 제한된 공간에서 같은 일을 반복하다 보면 가끔 바보가 되어가는 느낌이 든다. 그럴 때면 화를 내거나, 배꼽을 잡고 웃거나, 슬퍼서 울거나 하는 감정들이 희미해진다. 윤활유가 없어 느려지다 굳어버리는 기계처럼 말이다. 어떤 예기치 못한 자극을 만나기 전까진 생각이 정지된 채 기계적으로 몸을 움직인다.

이런 일상에서 한 번씩의 상륙은, 갈 곳을 잃고 바다를 표류하다 육지를 만나는 것 같은 느낌을 선사한다. 하염없이 사면의 바다만 바라보다 저 멀리 수평선 끝에 육지의 실루엣을 발견하는 찰나의 순간. 그 황홀함이란 이루 다 말할 수 없다. 굳었던 감정이 풀리고 몸속 미세한 세포들이 전부 신경을 곤두세우고 깨어나는 느낌이다.

박웅현 작가가 《책은 도끼다》에서 "파리^{paris}가 아름다운 이유는 우리가 그곳에 있을 시간이 삼일밖에 없기 때문"이라고 말했던 것처럼, 항해사에겐 육지가 곧 파리 같은 곳이다. 육지에서 생활하는 사람들에게는 육지가 너무 익숙하고 당연한 공간일 것이다. 하지만 잠깐의 정박 후 다시 먼 바다로 나가야 하는 내게 육지는 그 자체로 어떤 여행지보다 큰 감동으로 다가온다.

슬픔의 반대말은 행복이 아니라 일상이 아닐까. 일상에 늘 행복이 깃든 것이 아니라, 행복은 찰나의 순간 배어 나오는 일상의 선물 같은 것이다. **행복과 일상의 비중을 따지자면 1:99쯤 되지 않을까.**

육지다. 여덟 시간쯤 머무르려나. 짧지만 짜릿한 행복이 날 기다린다.

결국,
사람

드디어 싱가포르에 내려 조리장님을 따라 걷는 나의 마음
은 든든했다. 어디에 무엇이 있는지, 어디가 지름길인지,
어느 가게가 맛있고 가격이 저렴한지 빠삭하게 알고 있었
다. 배를 오래 탄 선장님이나 기관장님 정도 되면 자주 들
어가는 나라는 동네 마실 다녀오듯 하시는데 그와 비슷했
다. 잠깐의 상륙 동안 우리가 다녀올 곳은 부두 입구로부터
걸어서 20분 거리에 있는 시장이었다.

처음 이곳 거리를 거닐 때 내 눈을 사로잡았던 건 다름
아닌 차였다. 도로를 달리는 차나 주차된 차, 심지어 버스
조차 비정상적으로 깨끗했다. 방금 새로 뽑았다 해도 믿을
정도로 광이 났다. 모든 차가 빛을 번쩍이며 지나가는데 삼

삼한 주변 풍경과 이질감이 느껴져 마치 차만 미래에서 온 것 같았다. 조리장님 말로는 싱가포르는 차 값이 비싸 집을 사는 것만큼 어렵다고 했다. 좁은 땅덩어리 때문일지도 모른다고 우리는 생각했다. 티끌 하나 없어 보이는 차들이 지나가는 것을 보며 얼마나 애지중지 여기는지 알 것 같았다.

또 눈에 띄는 점은 길거리에서 마주친 여성들 중에 화장을 한 사람이 한 명도 없었다는 것이다. 나야 시간이 없다 치더라도 여기 있는 모두가 하지 않는 건 이상했다. 하지만 조금 걷다 보니 알게 되었다. 적도 부근에 위치한 싱가포르의 더운 날씨가 말해주길 화장은 거추장스러운 일이었다. 걸은 지 5분도 안 되어서 얼굴에 송골송골 땀이 맺히기 시작했다.

15분쯤 걸어 차이나타운 근처 시장에 도착했다. 동남아시아의 여러 시장들과 비슷했다. 홍콩의 레이디스 마켓, 베트남의 벤탄 시장, 태국의 왓아룬 사원 앞의 시장처럼 물건들이 즐비했다.

한창 시장을 돌아보는데 코끝에서 특유의 시큼텁텁하고 달달한 냄새가 났다. 이 냄새의 주인공은 필시 두리안이다! 혹자는 근처에도 가기 싫어하지만, 나는 두리안의 맛을 알고 나서 제일 좋아하는 과일이 되어버렸다. 과일의 왕이라

불릴 만했다. 한입 베어 물면 크림 같은 부드러움이 입안을 감싸고 초콜릿보다 다섯 배는 진한 달콤함이 머문다. 종소리를 듣고 반응하는 파블로프의 개처럼 나의 입에서는 이미 군침이 돌았다. 하얀 스티로폼에 노란 속살을 드러내어 쌓여있는 두리안을 단돈 5달러에 샀다. 조리장님과 나는 맛을 찬양하며 그 자리에서 먹어 치웠다.

3분 정도 더 걸어 People's Park에 도착하자 여기저기서 김이 모락모락 올라왔다. 일을 마친 사람들은 김이 나오는 곳 앞에 줄을 서서 차례를 기다리고 있었다. 돈을 건넨 사람들이 받은 것은 만두였다. 배에 있을 선원들이 떠오른 우리도 줄의 맨 끝에 합류했다. 차례를 기다리는 동안 자연스레 주변을 둘러보게 됐다.

일을 마치고 동료들과 이야기를 나누며 걷는 직장인, 가방을 메고 걸어가는 교복 입은 여학생, 두 아이를 데리고 온 가족, 식탁에 앉아 식사를 하는 노부부, 강아지를 데리고 엄마 품으로 달려가는 여자아이, 파가 보이는 봉지를 옆에 두고 계단에 앉아 쉬고 있는 할머니. 문득 깨달았다. 나는 사람들이 일상생활을 하는 삶의 터전, 그 중심에 서 있었다.

싱가포르라고 하면 떠오르는 전형적인 이미지가 있었다.

마리나베이, 세 개의 빌딩 위에 배가 얹혀진 마리나베이샌즈호텔, 카지노, 옥상의 수영장이 하늘과 이어진 듯한 인피니티 풀, 클락키, 센토사, 머라이언 상 등 싱가포르를 검색하면 나오는 사진이나 여행 광고의 영향 때문인지 나에게 싱가포르는 세련되고 휘황찬란한 이미지 그 자체였다.

물론 반대편으로 넘어가면 그런 화려함을 볼 수 있겠지만 지금 눈앞에 펼쳐진 현지인들의 모습은 생각지 못했기에 새로웠다.

결국 여기도 사람 사는 곳이었다. 누군가에게는 스쳐지나가는 낭만과 힐링의 공간, 여행지이지만 누군가에게는 일터이며 사랑하는 사람과 일상을 보내는 삶의 터전이었다. 그 속에 저마다의 이야기와 아픔, 소소한 재미와 감동도 있을 것이다.

멀게만 느껴졌던 나라가 갑자기 가까이 다가왔다. 힘든 일을 하고 온 뒤라 더 친근감과 동질감을 느꼈을지도 모른다. 아주 짧게나마 평범한 사람들이 평범하게 사는 모습을 볼 수 있어 좋았다. 결국 이곳도 사람 사는 곳이란 단순한 사실이 왠지 배로 돌아가는 발걸음을 가볍게 만들었다.

계절감

"승주야, 많이 춥지? 핫팩이랑 두꺼운 옷 보내줄게."

1월, 한국에선 추위가 한창 기승을 부리고 있을 때 걱정 가득한 엄마에게서 문자 한 통이 왔다. 나는 기겁하며 손사래 쳤다. 당시 나는 적도 부근을 통과하고 있었고, 그곳의 햇빛은 사람을 몽롱하게 만들 만큼 강렬했기 때문이다.

배 위에는 계절이 없다. 아니 정확히 말하면 순환하는 계절이 없다고 해야 옳다. 사계절의 순환은 고정된 환경에서만 가능하다. 배는 끊임없이 움직이니까, 사계절이 있을 수 없다. 세상의 이치대로라면 봄이 가고, 여름이 온다. 이때 '간다' '온다'는 일정하게 순환하는 자연의 이치를 담고 있다. 대신 배는 계절을 기다리지 않고 스스로 찾아간다.

배 위에 있으면 세상의 변화를 감지할 수 있는 힌트가 별로 없다. 얼음이 얼지도 않고, 초록의 새싹을 마주할 수도 없다. 얼어 부풀었던 흙이 녹고 꽃이 피어나는 광경을 볼 수도 없다. 배의 계절은 온도계를 통해서만 알 수 있다. 계절의 냄새보다 바람에 실린 바다의 온도로 계절을 짐작할 수 있다.

기항지*에 정박하면 비로소 한 나라의 계절을 온전히 느낄 수 있다. 북반구에 위치한 우리나라의 사계절 날씨에 적응된 나로서는 같은 시기에 다른 날씨를 한 나라들의 계절이 여전히 낯설게 느껴지고는 한다. 12월~2월의 이곳은 무더우니 말이다. 3년간 한 번도 겨울을 겪지 못한 항해사도 있었다. 7월에 배를 탄 후 한국에 한 번도 귀항하지 않고 중동과 적도 지역만 항해했기 때문이었다.

사계절이 절로 나에게 찾아오지 않는 환경을 경험하고서야 우리나라의 사계절이 얼마나 소중하고 아름다운지 깨닫는다. 그리고 옷을 보내주겠다는 엄마의 말은 나와 엄마 사이의 물리적인 거리를 더 깊이 실감하도록 만들었다.

계절이 계절다울 수 있을 때 얼마나 아름다운지.

---

* 선박이 항해하면서 머무르게 되는 항구.

가깝다는 것만으로

내일이면 한국이다! 휴가를 받아 배에서 내리는 것도 아니고, 그래서 가족들을 볼 수 있는 것도 아니지만 한국에 가까워진다는 사실만으로 가슴이 벅차오른다.

우리 배는 한 달에 한 번씩 한국에 들어온다. 한국을 출항해 중국, 홍콩, 싱가포르, 말레이시아를 거쳐 다시 돌아온다. 이렇게 한 달을 주기로 한국으로 돌아올 때마다 한 항차를 마무리하고 돌아간다는 느낌을 받는다. 돌아갈 곳, 기댈 수 있는 곳이 존재한다는 사실 자체가 심리적으로 큰 안정감을 준다.

사실 한국에 정박하면 시간이 얼마 없어 느긋하게 고향을 즐길 수 없다. 배에서 필요한 주부식과 소모품을 받고 수리공 또는 회사 사람들을 맞이하다 보면 어느새 출항해야 할 시간이다. 그럼에도 나의 고향이라는 것. 수천 킬로 미터 떨어져 있던 소중한 사람들과 몇 시간이면 만날 수 있는 거리에 있다는 것. 마음만 먹으면 볼 수 있다는 사실만으로 큰 힘이 된다.

심리적으로도 안정감을 주지만 지나온 길을 되돌아보고 생각하게 되는 반환점이라는 점에서도 의미가 있다. 사람은 '끝'을 맞이하면 그동안의 여정을 뒤돌아보곤 한다. 한 항차 동안 있었던 일들. 크고 작은 실수들, 반성과 배움, 즐거웠던 추억, 아쉬웠던 기억. 그동안의 긴 여정이 필름처럼 스쳐 지나가면서 이렇게 시간이 흐르는구나 싶다. 반복되는 이 과정을 통해 내공이 생기고 '진짜' 어른이 되어 가는 거겠지.

한 달이 지나고, 두 달이 지나고, 배를 내릴 때 즈음에 나는 좀 더 성숙해져 있을까. 선체의 동요로 조금은 요란스러운 저녁. 버스에 오른 귀향객처럼 헛헛하면서도 마음이 따뜻해져 온다.

덧) 핸드폰이 '서비스 안 됨'에서 'LTE'로 바뀔 때, 가족들의 목소리를 끊김 없이 들을 수 있을 때, 고향으로 왔다는 느낌을 받는다. 이때가 뱃사람들에게 가장 행복한 순간이 아닐까.

시간이란

시간을 한 시간만 돌릴 수 있다면, 한 시간만 빨리 갔으면…. 불가능하다는 사실을 알면서도 이런 생각이 들 때가 있다. 하지만 알다시피 시간은 결코 인간이 마음대로 조정할 수 없다.

하지만 배 위에서는 가능하다. 여기서만 겪을 수 있는 신기한 일 중 하나는 시간이 갑자기 바뀐다는 것이다. 빨리 앞당길 수도, 느리게 할 수도 있다. 영화처럼 타임머신을 타고 과거로 돌아가거나 미래로 가는 것은 아니고 눈앞에서 시간이 바뀌는 것을 볼 수 있다. 국경을 넘을 때 시계침도 돌아가기 때문이다.

나라마다 위치가 다르고 해 뜨는 시간이 차이가 나니 사용하는 시간대가 다를 수밖에 없다. 영국의 그리니치 천문대(경도 0도)를 기준으로 우리나라는 ZD 09 시간내를 사용하지만 우리 배가 항해하는 나라들은 다른 시간대를 사용한다.

보통 시간 조정은 3항사 당직 시간인 저녁 8시나 9시에 시행한다. 저녁 9시가 되면 배에 있는 모든 시계들이 반대로 회전해 8시에 멈춘다. 고지식하게 생긴 시계가 요란스럽게 째깍거리며 반대로 돌아가는 광경은 머리로는 이해할지라도 기이하게 느껴진다. 갑자기 나에게 한 시간이 더 생겼다. 시간이라는 게, 모두의 동의하에 조절하면 그만인 것이다. 전 세계 사람들이 '우리 시간을 한 시간만 늘립시다.'라고 약속하고 시곗바늘을 돌리면 늘린 시간만큼 더 보낼 수 있을 것이다.

하루가 24시간에서 25시간이 되었다고 해서 생활에 큰 변화는 일어나지 않았다. 똑같았다. 잠을 한 시간 더 잘 수 있었고, 드라마를 한 편 더 볼 수 있는 정도. 삶의 질에 큰 변화는 없었다. 결국 시간은 우리가 정한 관념에 불과했다. 늘 일정하게 흐르고 있는 것처럼 느껴지지만 우리가 조절할 수 있다.

그래서 시간에 얽매여 살 필요가 없다고 생각하게 됐다.

그저 내가 할 일을 하면 됐다. 내가 무엇을 하고 싶은지, 무엇을 해야 하는지에 집중하면 시간에 상관없이 보람찬 하루를 보낼 수 있었다. 시간에 얽매이지 않으니 더 중요한 것들이 눈에 들어왔다.

홍콩
야경

3항사와 나는 침사추이 역에서 내려 해변을 따라 걸었다. 우리의 발걸음은 경쾌했다. 곧 홍콩의 야경을 구경할 수 있다는 들뜬 마음 때문인지 선선한 밤공기마저 우리를 맞이하는 안내원 같았다.

시계탑 근처에 다다르자 노랫소리가 들렸다. 버스킹을 하는 사람들이었다. 남자가 기타를 치고 여자가 노래했다. 앗, 이 곡은 ‹officially missing you›다! 나는 3항사를 쳐다보았다. 필리핀 마닐라 베이가 보이는 묘박지에서 석양이 지는 붉은 바다를 배경으로 기타를 치던 3항사가 떠올랐기 때문이다. 장소가 다르기 때문이려나, 우리의 마음이 그때와 다르기 때문이려나. 그때는 아련한 느낌이 강했는데 지금은 신나고 경쾌했다.

감미로운 노랫소리를 뒤로하고 우리는 야경이 잘 보이는 전망대 계단을 올랐다. 마지막 계단을 딛는 순간.

　'우와!'

　3항사와 나의 입에서 동시에 감탄사가 터졌다. 홍콩의 야경이 볼 만하다고 들었지만 이 정도일 줄이야. 깜깜한 밤에 창문마다 불이 켜진 빌딩을 보면서 예쁘다고 생각한 적이 있다. 그런 빌딩들이 가지각색의 모양으로 바다 건너 홍콩 섬에 빼곡히 모여 있었다. 마치 아이맥스 스크린이 눈앞에 가득 차듯 넓게 펼쳐진 빌딩숲과 불빛이 고개를 힘껏 좌우로 돌려야 볼 수 있을 정도로 가득했다. 몇몇 건물의 꼭대기에는 형형색색의 네온사인이 검은 하늘을 선명하게 물들이고 있었다.

　빌딩숲 바로 아래에 흐르는 물은 불빛들을 모두 담기 위해 쉴 새 없이 반짝거렸다. 특히 네온사인 불빛은 그대로 바다로 떨어진 듯했다. 검은 바다에 빨강, 파랑, 보라, 초록의 빛 그림자가 길게 드리워져 있었다. 또렷한 불빛과 이를 받아내려 끊임없이 흔들리는 불빛. 두 개의 상반되는 빛이 한데 어우러졌다. 그 위로 스카프 같은 구름이 내려와 빌딩들을 살포시 덮었다.

나는 반짝이는 불빛 하나하나를 찬찬히 응시했다.

소리 없는 불빛들의 향연 사이로 갑자기 그리운 얼굴들이 떠올랐다. 바로 핸드폰을 꺼내 가족들에게 화상 통화를 걸었다. 홍콩의 야경을 보고 기뻐하는 가족들. 멀리 떨어져 있지만 바로 옆에 있는 것처럼 느껴졌다. 아름다운 광경을 나누면서 서로를 생각하고 있다는 마음이 느껴져 더욱 애틋하고 보고 싶었다.

옆에 있는 3항사도 마찬가지였다. 핸드폰을 위로 들고 누군가와 대화를 하고 있었다. 그 옆에 있는 사람도 마찬가지였다. 또 그 옆에 있는 사람, 다음 사람도 마찬가지였다.

야경을 보고 있는 이들은 그들을 포함해서 그들의 가족, 연인, 친구 모두였다. 아름다운 광경을 보면 소중한 사람이 떠오르는 건 자연스러운 감정인가 보다. 모두들 통화하는 상대방에게 근사한 광경을 선물했다는 생각에 행복해 보였다. 그런 마음들이 아름다운 야경을 한층 더 빛냈다.

두 개의
시간을 살다

배를 같이 탄 어떤 1항사님이 말씀하셨다. 배 타는 사람의 시간은 두 개인 것 같다고. 하나는 배를 탔을 때의 시간, 하나는 휴가를 받아 육지에서 지낼 때의 시간.

시간이 연속적으로 흐르는 것이 아니라 배를 타면 배를 탔을 때의 시계만 움직인다. 그리고 휴가를 받으면 배의 시계는 멈추고 육지의 시계가 따로 움직이기 시작한다. 그러다 휴가가 끝나고 새로운 배에 오르면 휴가 때의 시계는 멈추고 배를 탈 때의 시계가 다시 움직이기 시작한다고. 두 개의 시간이 따로 존재하니 다시 배를 타면 지난번 배를 탔을 때의 기억에서 이어져 생활하게 되고, 휴가 때는 지난 휴가의 기억에서 이어져 생활하게 된다고.

나 역시 공감했다. 휴가를 마치고 배에 발을 들이면 어제까지만 해도 육지에서 가족들과 하하호호 이야기하며 즐기던 생활이 꿈같이 느껴진다. 그리고 원래 있어야 할 곳으로 돌아온 느낌이다. 그리고 또 무섭게 적응해 이 삶이 마치 나의 원래 삶인 양 느껴진다. 휴가 때도 마찬가지다. 내리는 순간 '내가 배를 탔던 것이 맞나? 배 생활을 어떻게 했지?' 싶을 정도로 육지 생활에 적응해 배를 잊고 산다.

두 개의 세계가 판이하기 때문인지도 모른다. 육지와 바다, 시끌벅적한 곳과 조용한 곳, 연락이 잘 되는 곳과 연락이 닿지 않는 곳, 사랑하는 사람들이 있는 곳과 없는 곳. 두 세계는 절대 동시에 경험할 수 없다. 교집합이 전혀 없기 때문에 한 세계에 속해 있을 때 다른 세계가 존재한다는 사실이 믿기지 않는 것이다.

조금 특이한 두 개의 시간을 살면서 시간의 소중함을 간절히 느낀다. 특히 배에 있을 때 육지에서의 시간이 굉장히 소중하게 느껴지는데, 이는 육지에 머무르는 시간이 짧기 때문일 것이다. 6개월 혹은 그 이상을 배에서 생활하다가 약 한 달 반 정도 머무르는 육지 생활은 눈 깜짝할 사이에 지나간다. 배 타는 동안 쌓였던 것들을 하기 위해서는 시간이 부족하다. 보고 싶은 사람들을 만나고 먹고 싶은 것을 먹고 하고 싶은 것을 하고. 어떨 땐 잠자는 시간도 아깝게 느껴져 자는 시간 없이 일과를 짠 적도 있다. 그렇게 금쪽 같은 하루를 보내다 보면 어느새 휴가가 끝나 있다.

소중한 사람을 볼 수 없고 제한된 생활을 할 수밖에 없는 배 타는 삶에 대해 회의감이 들었을 때도 있었다. 하지만 계속 지내다 보니 이제는 오히려 감사하다. 육지에서의 시간이 남들보다 훨씬 짧기 때문에 그 시간들이 얼마나 소중한지 알게 되었다. 일분일초 모두 헛되이 흘려보낼 수 없는 귀한 순간들. 의미 있게 보내려고 노력하게 되고 부지런해진다. 하고 싶은 일에 과감히 도전하게 되고 실패를 두려워하지 않는다. 당연한 것들이 당연하지 않고 감사한 것이었음을 깨닫게 된다.

그럼 이제 두 개의 시간을 살고 있는 주인공이 한마디 하고자 한다. 지금 당신이 흘려보낸 시간은 수천 마일을 떨어진 바다에서 외롭게 항해하는 누군가에게는 간절히 원하던 시간이라고. 그러니까 소중히 여겨달라고.

밤대륙

새까만 밤, 사람들은 해변에서 바다를 보며 감성에 젖는다. 보이지 않는 어둠 속에서 끊임없이 밀려왔다 부서지는 파도. 조금 높게 올라가다가도 다시 낮은 곳과 동행하는 파도. 매 순간 살아있음을 보여주는 바다를 보면 마음이 잔잔해지고 삶의 원동력을 얻게 되는 건 당연한 일일지도 모르겠다.

새까만 밤, 누군가는 바다에서 육지를 보며 감성에 젖기도 한다. 다닥다닥 흐드러진 불빛. 대서양에서 바라본 밤하늘의 별처럼 찬란하다. 드넓은 바다 귀퉁이에 옹기종기 모여 있는 불빛을 보면 정겹기까지 하다.

바다는 밤바다. 그럼 육지는 밤육지? 그건 좀 이상하니 밤대륙? 그래, 밤대륙으로 하자.

육지가 보인다!

두 발을 땅에 딛고 있다는 것만으로

지금껏 바다를 알지 못했다는 사실

쉽게 잊히지 않던 사람들의 표정

BNWAS 알람.
이 작은 녀석 때문에 얼마나 무서웠던지.

3장

도전하는 자는
두려워하는 자다

힘든 순간이
와도

밤에 출항해서 다행이었다. 누구도 눈치채지 못했다. 볼을
타고 뚝뚝 떨어진 눈물방울에 작업복 한쪽이 검게 번지고
있었다.

"port clearance*는 잘 받았나?"
"네?"

순간 머릿속이 하얘졌다.

---

* 출항허가서, 출항면장. 항구를 출항하기 전 세관장에게 출항 허가를 받았다는
거증 자료.

"자, 이제 출항하자. 불 꺼야지."

그런데 스위치가 보이지 않았다. 당황해서 허둥대는 사이 선장님이 성큼성큼 벽으로 가더니 '따닥' 소리와 함께 불을 껐다. '따닥' 내 정신도 함께 나가는 것 같았다. 어찌어찌 출항은 했지만 머릿속은 그야말로 난장판이었다. 브리지 안을 메운 것은 엔진 소음과 깜깜한 어둠 그리고 침묵뿐이었다. 첫 출항이었다고는 하지만 내가 생각해도 엉망이었다. 이런 내 모습을 바라보는 선장님의 마음은 오죽하실까 하는 생각이 들자 고개를 들 수가 없었다. Bell Book*에 선장님이 손수 변동 사항들을 기록하고 있었다. 내가 할 일이었다. 아무 말씀 안 하셨지만 할 수만 있다면 도망이라도 치고 싶은 심정이었다.

"실망이야"라는 말을 태어나 처음 들었다.

그 말에 담긴 의미가 얼마나 비참하게 느껴지는지 말의 당사자가 되고서야 처음으로 깨달을 수 있었다. 마음을 짓

---

* 입출항, 투묘 혹은 양묘 등 본선 움직임의 변화 내용을 간단하게 기록하는 소책자. 출입항 시각, 도선사 승하선 시각, 엔진 준비 시각 등을 기록한다.

누르는 무게가 얼마나 무거운지 숨이 막히고, 눈물이 쏙 들어갈 정도였다. 가슴이 서늘해지고 다리가 가늘게 떨렸다. '쓸모없는 인간이 된 것 같은 기분이 들었다'라는 표현으로도 부족했다.

방으로 돌아와서는 결국 울음을 터뜨렸다. 원래 잘 울지 않지만, 이날은 무너져내리고 말았다. 울지라도 않으면 고립된 이 배 위에서의 지금 상황이 너무나 고통스러울 것만 같았다. 한참을 울다 멈췄다. 이불에 얼굴을 파묻고 어찌나 빽빽거리며 울었는지 목이 갈라지고 실핏줄이 터져 혀끝에서 비릿한 피맛이 났다.

몸을 일으켜 샤워를 하고 책상 앞에 앉았다. 이곳은 나갈 수도 들어올 수도 없는 곳이니 어쩌면 감옥일 수도 있었다. 우는 내내 나는 어쩌면 이곳을 감옥이라 생각했을지도 모른다. 아니 실은 그랬다.

누군가가 밖에서 문을 걸어 잠그면 그곳은 감옥이지만, 내가 안에서 걸어 잠글 수 있는 공간은 감옥일 수 없다. 나는 자유의지를 가진 인간이고, 이 배가 나의 자유를 구속할 수는 없다. 오히려 나를 자유로운 인간으로 성장시키기 위한 장소이고, 여기로 오는 건 나의 선택이었다. 솔직히 거의 두 시간가량을 우는 동안 이 상황을 나에게 유리하게,

동시에 현명하게 해석하고자 했다. 그리고 나의 설득에 스스로 동의했고 솔직히 약간의 감명까지 받았다.

'실망했다'는 선장님의 말은 '기대했다'는 의미였을 것이고, 이제 막 시작한 신출내기 3항사에게 완벽을 기대하지 않았다면 앞으로 내가 어떻게 하느냐에 따라 신뢰를 회복할 기회는 충분하리라 생각했다. 나아가 오히려 잘 됐다는 생각도 했다. 애초에 이미지를 구겨놨으니 기대하는 바가 낮아졌을 테고 이제 나만 잘하면 된다는 셈에 이르렀다.

시간이 한참 지나 그때의 일을 복기해가며 글을 쓰고 있지만, 정면에서 돌진해오는 충격들이 자신을 성찰하게 하는 질 좋은 고민을 만든다는 생각이 든다. 아마 선장님께서 하신 말씀도 이런 의도였으리라 짐작한다. 거친 바다 위에서 살아남기 위해서는 강해져야 할 수밖에 없으니까.

기대에 부풀었던 첫 항해. 나락으로 떨어졌던 그 순간. 그 덕분에 오늘의 내가 있다.

비둘기

"2항사님, 저기 보세요."

당직 교대 중 갑자기 3항사가 나를 불렀다. 그가 가리킨 곳은 브리지 문 바깥. 바닥에 웅크려 쥐죽은 듯 가만히 눈치를 살피고 있는 존재가 있었다. 비둘기! 육지에서는 길거리에서 늘 마주치는 당연한 존재지만 이곳에서는 이야기가 다르다. 사방이 넘실대는 물결과 하늘밖에 없는 망망대해에서 비둘기라니.

육지와 200마일 이상 떨어진 이곳까지 제 몸으로 날아왔을 리는 없고, 나흘 전 상하이 입항 때 잠시 쉬려고 배에 왔다가 돌아갈 때를 놓치고 꼼짝없이 갇힌 모양이었다.

배가 먼바다로 가는 사실을 모르고 숨어들어왔다가 망망대해에서 죽음을 맞이하는 생물은 많다. 대표적으로 참새, 나비, 무당벌레, 잠자리 등이 그렇다. 갑판에 나가 돌아다니면 죽은 동물 사체를 종종 볼 수 있다. 배에는 먹을 것이 없으니 얼마 가지 못해 인간을 제외한 생명은 죄다 죽는다. 생명력이 강한 바퀴벌레나 모기도 없는데 다른 생물들은 오죽할까. 강철로 이루어진 배에는 생명이 살아 숨 쉴 틈이 없다.

그런데 비둘기가 이곳에 있다니! 그리고 아직 살아있다니! 반가우면서도 걱정이 됐다. 이 비둘기도 곧 죽지 않을까. 비둘기는 출항한 후 나흘 동안 아무것도 못 먹어서인지 기운이 없었다. 사람이 다가가도 도망치지 못하고 불안한 눈빛만 보냈다. 얼마나 무서웠을까. 눈을 뜨니 평소와는 다른 공간. 지치도록 날아도 끝없는 바다. 결국은 다시 돌아와야 했던 배. 아무것도 없는 곳에서 혼자라는 느낌. 매서운 바닷바람에 눈물을 훔쳤을지도 모른다. 조금만 건드리면 곧 부서질 것처럼 보였다.

처음 배를 탔을 때 순조롭기만 할 것 같은 생활에 힘든 일이 닥치고, 예상과는 다른 생활에 좌절감을 느낀 적이 있었다. 가족, 친구들과 멀리 떨어져 혼자서 모든 것을 감당

해야 한다는 고독감. 마음 한구석에서부터 밀려오는 외로움. 나를 소리 소문 없이 집어삼킬 것 같은 파도. 이 적막한 환경에 공포를 느끼며 한없이 작아졌던 때가 있었다. 눈앞에서 오들오들 떨고 있는 비둘기가 바로 그때의 나였다. 겁먹은 내가 할 수 있던 것은 말을 줄이고 최대한 웅크리는 것뿐이었다.

그때의 나를 생각하며 두려워하는 비둘기에게 조금은 거리를 둔 채 다가갔다. 그리고 눈빛으로 말했다.

'제발 조금만 더 버텨줘. 곧 있으면 육지에 닿을 거야. 너는 바다를 경험한 유일한 비둘기가 될 수 있어! 그리고 더 시간이 지나면 너를 잡아먹을 것만 같던 무서운 바다가 아름답게 느껴지는 순간이 올 거야. 그러니까 조금만 더!'

비둘기는 계속 뜨고 있던 눈을 한 번 깜빡였다.

그 후 비둘기가 어떻게 되었는지는 모르겠다. 자취를 감춰버렸으니 말이다. 하지만 갑판을 돌아다니면서 비둘기의 시체를 못 본 것으로 미루어 보아 어딘가에서 잘 살고 있지 않을까. 아니 그렇게 믿고 싶다. 더 강인해진 정신력으로 '이 정도야 아무것도 아니지!' 하면서 말이다.

보이는 길과
보이지 않는 길

바다에서 배와 배가 만나 서로의 항로를 교신할 때는 간단한 몇 마디와 신호음이 전부다.

"Port to Port."

Port는 왼쪽을 말한다. 서로 좌현을 보며 지나가자는 말이다. 선수를 서로 마주하고 있다면 서로 우현으로 조금만 틀면 좌현 대 좌현으로 지나갈 수 있다. 반대로 오른쪽은 Starboard를 사용한다. 따라서 우현 대 우현으로 지나가고 싶다면 'Starboard to Starboard'라고 말하면 된다.

배들이 지나다니는 바다 위는 교신 소리로 가득 차 있다. 무전기에서 신호 하나가 잡힌다.

"This is KMTC PORTKELANG. Port to Port."

상대가 답한다.

"Roger, Port to Port."

세상에는 두 가지 길이 있다. 하나는 보이는 길이고, 또 하나는 보이지 않는 길이다. 두 길은 분명 존재하지만, 두 길이 향하는 방향과 거리는 차이가 있다. 보이는 길에는 이 정표와 가로등이 세워져 있다. 따라만 갈 수 있다면 큰 문제 없이 목표 지점에 다다른다. 학교가 그렇고, 취업이 그렇고, 결혼이 그렇다. 할 일을 하다 보면 이정표들은 어느새 내 옆을 스쳐 가며 방향을 지시한다. 보이는 길은 모두의 길이며, 모두의 방향이다. 옳고 그름의 길도 아니며, 합리와 부조리의 길도 아니다. 그것은 그냥 모두의 길, 나 이전에 내 아버지와 어머니의 길이기도 했다.

바다 위 지금의 내 길 역시 보이는 길이라 생각했다. 하지만 요즘 이 길이 종종 흐려지다 순식간에 눈앞에서 사라져버린다. 그러다 다시 나타난다. 모두가 걷는 길을 따라왔는데, 어느 순간 내가 보이지 않는 길 위에 들어섰음을 서늘하게 느낄 때가 있다. 이 서늘함은 두려움인 동시에 피부의 솜털을 곤두세우는 흥분이기도 했다. 길이 사라질 때면 늘 머릿속이 어지러웠다. 보이지 않는 길을 찾기 위해 스스로에게 질문해야만 했다.

'나는 지금 어디에 있는가.'
'나는 무엇을 위해 이곳에 있는가.'

보이는 길 위에서는 이런 질문들이 필요치 않았다. 마음이 편했고, 적절히 돌아오는 보상은 그만큼의 자유 역시 보장해줬다. 급여 액수만큼의 세상을 즐길 수 있었다. 사실 그것만으로도 만족했다. 그리고 지금도 싫지 않다. 매체에서 말하는 꿈이라는 걸 꼭 꾸어야 하는지도 잘 모르겠다. 이 정도의 행복과 만족이면 이렇게 살아도 되지 않을까 하는 게 솔직한 심정이기도 하다.

바다 위에서 나에게 던져진 질문들은 친절하지 않았다. 약간의 불편을 느꼈지만 그렇다고 싫지도 않았다. 그러니 질문을 떨쳐버리지 못하고 항해하는 내내 머릿속에 담아두었던 것이다.

또 하나의 길. 보이지 않는 그 길이 내게 묻고자 하는 것은 무엇일까. 그에 대해 나는 아직 정확히 설명하지도, 설명할 만큼의 깊이도 없다는 것을 스스로 안다. 그런데 이날부터 문득문득 별고래를 떠올리게 되었다. 알 수 없으나 어쩌면 그리움 같은 감정이었다. 왜인지는 모르겠다.

조금 더
유연할 수 있다면

유연한 바다는 '부동'을 별로 좋아하지 않나 보다. 고정되어 있는 것들을 어떻게든 흔들리게 하고 움직이게 하는 취미가 있는 것 같다.

'부득이하게… 교대가 어려워…'

배에서는 '계획대로'가 무척 힘들다. 계획을 짜놓아도 매번 보기 좋게 망가지기 때문에 철저하게 계획을 세우는 사람이 오히려 바보 소리를 듣는다. 가만있지 못하고 끊임 없이 움직이는 바다를 보면 당연한 결과일지도 모르겠다.

같은 힘이라도 바람, 파도, 해류, 조류에 따라 나아가는 속도가 다르다. 항구 도착 시각이 자주 변하는 것은 놀랍지도 않고, 훈련하는 날을 정해놓아도 바다 사정에 따라 취소될 수 있음을 알고 있다. 정해놓은 약속 시간이 웬만하면 바뀌지 않는 육지와는 달리 배는 모든 것이 불확실하다.

하지만 불확실한 바다가 일깨워준 것이 있다면 자신과 닮은 '유연함'이다. 일이 계획대로 되지 않는단 사실이 공공연하기 때문에 쉽게 좌절하거나 주저하지 않는다. 상황에 맞춰 당장 할 수 있는 것을 하게 된다. 그리고 계획대로 안될 상황에 대비해 미리 다른 대안을 준비해두기 때문에 갑작스런 변화에도 유연하게 대처할 수 있게 된다.

느리게 가든, 빠르게 가든, 우회해서 가든, 태풍을 만나든, 멈춰야 하든 어차피 가야 할 항구는 정해져 있으므로 상황에 맞춰 계획을 바꾸고 실천하다 보면 원하는 곳에 도착해 있다.

누군가 일이 계획대로 되지 않아서 힘들다고 말한다면, 나는 이곳에서 계획을 하루에도 몇 번씩 수정하고 바꾼다고 대답하고 싶다. 모든 게 생각대로 딱딱 맞춰서 진행된다면 감사할 테지만 녹록지 않다. 그러니 좌절하지 말라고 이야기해주고 싶다. 바다처럼 유연하게 대응하다 보면 언젠가는 원하는 곳에 떡하니 도착해있을 테니 말이다.

느림과
조급함

쿠알라룸푸르에 있는 페트로나스 트윈 타워는 나를 압도시
키기에 충분했다. 나란히 서 있는 두 개의 타워는 위풍당당
하게 서 있는 신의 두 다리 같았고 뾰족한 타워의 끝에 올
라가면 천상으로 닿을 수 있을 것만 같았다. 하얀 하늘과
대조되는 짙은 색의 건물도 위엄을 높이는데 공조했다. 내
부는 큰 쇼핑몰과 비슷했다. 11월인데 벌써부터 크리스마
스 분위기를 물씬 풍기는 트리와 장식들, 배경으론 캐럴이
울려 퍼졌다. 선장님과 나는 들뜬 기분을 만끽하며 웃음 가
득한 얼굴로 돌아다녔다.

　정신을 차려 보니 시계는 귀선 시간을 가리키고 있었다.
기대했던 두리안 축제는 구경도 못 해보고 기차역으로 돌
아가야 했다. 택시는 평소보다 무려 일곱 배나 높은 가격을

불렀다. 느긋한 관광객이었다면 다른 수단을 찾았겠지만 우리는 대안이 없었다.

부리나케 기차에 올라 이제는 배로 돌아갈 일만 남았다. 관광으로 왔으면 더 여유롭게 구경할 수 있었을 텐데 그러지 못한 신세를 우리는 함께 아쉬워했다. 대신 올 때보다 빠르게 달리는 기차 속도에 만족하며 생각보다 이른 시간에 도착할 수 있겠다는 생각으로 아쉬움을 달랬다.

목적지까지 반 정도 남은 지점. 빠르게 달리던 기차가 한 정거장에서 멈췄다. 그리고 현지 언어로 무언가 방송을 하더니 열린 문이 닫히지 않고 계속 정차해 있었다. 배너에는 signal clearance라는 문구만 부산스레 왔다 갔다 했다. 현지인 중 아무도 이런 상황에 동요하지 않았다. 선장님과 나는 서로를 쳐다보며 눈을 끔뻑거리다가 이내 대수롭지 않게 여기고 타워에서 찍은 사진을 주고받았다. 그렇게 15분, 30분, 40분이 지나자 마음이 급해지기 시작했다.

인터넷에 말레이시아 기차 kcm의 후기들을 검색해봤는데, 지금처럼 갑자기 기차가 멈춰 있는 상황을 포함해 불만 글이 가득했다. 이제야 뭔가 잘못됐다는 것을 눈치챈 우리는 지금이라도 내려서 택시를 탈까 하다가 러시아워에 갇혀 굼벵이처럼 기어가고 있는 도로 위 차들을 보고 이러지도 저러지도 못했다. 일단 한 시간까지 기다려보고 결정하기로 한 채 꿈쩍도 안 하는 기차 안에서 발만 동동 굴렀다.

드디어 한 시간이 넘자 꿈쩍도 안 할 것 같던 문이 닫히고 기차가 움직이기 시작했다. 이번엔 당직에 늦는 것뿐이지만 만약 출항 시간에 늦었으면 하는 생각에 등골이 오싹했다. 분명 출발할 때는 날개를 단 것 같은 기분이었지만 돌아올 때는 이카로스의 날개처럼 밀랍이 녹아 한순간에 바닥으로 떨어진 느낌이었다.

배로 돌아와 조금 진정한 후 그때를 다시 되돌아보았다. '앞으로 절대 말레이시아 기차는 안 탈 거야'라고 다짐하면서도 현지인들이 납득이 되지 않았다. 그렇게 오래 기다려야 하는 상황에서 다른 수단으로 갈아타거나 불만을 제기할 만도 한데 아무도 그런 수고를 하지 않았다. 우리나라였다면 분명 누군가 나와서 고래고래 소리를 지르고 신고라도 했을 법한 상황이었다. 이런 일들이 얼마나 빈번하고 당연하게 일어나는지 반증해주는 대목이었다.

하지만 한편으로 그들이 부러웠다. 현지 사람들은 마치 빨간 신호등 앞에 차가 멈춰 선 것처럼 아무렇지도 않아 했다. 한 여성은 아이들과 웃으며 계속 이야기를 나누고, 노트북을 보고 있던 중년 남성은 계속 타자를 치며 일을 하는 듯했다. 통화를 하던 여학생은 더 큰소리로 깔깔거리기까지 했다. 상황을 받아들이지 못하고 초조해하는 사람은 선장님과 나뿐이었다. 물론 귀선 시간이 걸려 있어 그렇단 건 어쩔 수 없었지만 과연 아무런 제약이 없었더라도 그들처럼 있을 수 있었을까? 또 다른 핑계를 대며 이 상황을 답답하게 생각하지 않았을까?

말레이시아를 감싸고 있는 분위기는 '느림'이다. 무더운 날씨 때문인지 모르겠지만 사람들도, 차도, 일도 느리다. '빠름'에 익숙해져 있는 우리는 고구마 100개를 먹은 것 같은 답답함을 느낄 만하다.

'느림'과 '빠름'은 상대적인 개념일 뿐 옳고 그름으로 나뉘지 않는다. 해석하는 사람에 따라 달라진다. '느림'을 안 좋게 보면 '게으름'이 되지만 좋게 보면 '여유로움'이 된다. '빠름'은 좋게 보면 '부지런함'이 되지만 '조급함'이 되기도 한다.

오늘 내가 기차 안에서 본 것은 여유로움이었다. 나의 조급함과 대비되면서 삶의 속도가 나에게 미친 영향을 생각해보았다. 나는 그럼 그토록 빠르게 일하면서 무엇을 얻었을까. 그리고 무엇을 놓쳤을까.

꿈쩍도 안 하는 기차 안에서 아무런 걱정 없이 밝게 웃는 사람들을 보니 내가 놓친 것들이 생각보다 클지도 모르겠다는 생각이 들었다.

아픔은 극복하는 게
아니다

어릴 때부터 항해사의 꿈을 꾼 건 아니었다. 배는커녕 이런 직업이 있는 줄도 몰랐다. 고등학생 시절, 서울을 목표로 열심히 공부했지만 소위 명문대라 불리는 곳들을 갈 수 없게 되자 부산에 남기로 결정했다. 누구나 그렇듯 졸업 후 취직 걱정이 없는 전공을 찾은 것이 항해사의 첫발이었다. 생각만큼 엄청난 목적이 있어서가 아니었다. 졸업 후 취업률이 95퍼센트가 넘었고 저렴한 등록금에 기숙사비, 식비, 제복이 모두 제공되니 큰 고민 없이 지원했다. 어렵지 않게 합격통지서를 받을 수 있었다.

사실 친오빠의 영향도 컸다. 세 살 터울인 오빠는 같은 대학을 다니고 있었다. 하지만 기숙 생활이라는 게, 제복을 입고 학교를 다니며 훈련을 받아야 했기 때문에 적극 추천하지는 않았다. 그래도 나는 오빠와 같은 학교에 들어갔다.

학교는 부산 끝자락 영도에 있었다. 캠퍼스 전체가 바다로 둘러싸인 섬에 있어 해양 대학이라는 타이틀에 걸맞았다. 바다가 보이는 이곳에서 낭만 가득한 대학 생활을 보낼 것이란 기대는 잠시. 낭만은 그리 쉽게 찾아오지 않았다.

팔에서부터 시작된 떨림은 어깨를 거쳐 복부, 다리까지 이어졌다. 온몸이 사시나무 떨리듯 파르르 떨렸고 눈앞에는 이마에서 떨어진 땀방울이 시멘트 바닥을 짙게 물들였다. 몸에 힘을 줄수록 떨림은 더 심해졌다.

얼차려를 체감 30분 이상은 받은 것 같았다. 600미터가 넘는 학교 방파제를 빠른 속도로 왕복 세 바퀴 돌고 온 터라 더 힘들었다. 바로 다리를 쓰지 않고 팔이나 전신을 쓰는 훈련부터 시작해 조금이나마 다리가 쉴 틈은 있었다는 것이 그나마 다행이었다. 하지만 다리마저 이미 나의 제어를 벗어난 지 오래였다. 가끔 힘이 풀려 휘청거리기도 했지만 바로 자세를 고쳤다. 거친 호흡과 짤막하게 들리는 신음 소리, 양팔 간격에 있는 동기들도 나와 별반 다르지 않은 것 같았다.

이를 악물고 버티는 수밖에 없었다. 몸이 힘들다고 해서 마음도 힘들다고 여기면 그 순간이 지옥이 되는 경험을 해봤다. 이 고통도 언젠가는 끝난다. 아무리 힘들어서 죽을 것 같아도 죽지 않는다는 것을 숱한 경험을 통해 알고 있었다. 쓰러지지 않는 내가 얄미울 정도로 말이다.

지도사관의 입에서 "총원 일어서"라는 구원의 목소리가 들렸다. 모두들 열기와 땀범벅으로 삐거덕거리는 몸을 일으켜 세웠다. 간단한 공지 사항을 듣고 "헤쳐"라는 말과 함께 우리들은 기숙사 쪽으로 뛰었다. 몸이 성한 데가 없었다. 팔, 복부, 다리 등 온몸에 근육통이 있어 걸을 때는 물론 말을 조금만 크게 해도 아팠다. 통증이 수그러지기도 전에 또다시 훈련이 반복되었기 때문에 이 아픔이 어제 때문인지 오늘 때문인지도 몰랐다. 근육통에 근육통이 겹쳐 계속 유지될 뿐이다. 계단을 만나면 죽을 맛이었다. 사람이 몸의 어느 근육을 사용해서 계단을 오르내리는지 끊어질 듯한 통증이 말해준다. 우리의 움직임은 좀비가 따로 없었다.

수업을 모두 마치면 저녁에는 인원 점검 겸 복장 점검이 기다리고 있다. 제복을 입는 일은 쉬운 일이 아니다. 늘 단정함을 유지해야 한다. 정갈한 마음은 정갈한 복장으로부터 온다는 신념 때문이겠지. 바람에 날려 바닥으로 떨어진 정복 모자를 떠올리자 머리가 지끈거렸다.

대학교 1학년 때 머릿속을 채우고 있었던 것은 각종 집합과 훈련이었다. 집합이 있을 때마다 훈련을 각오해야 했고 힘든 와중에도 내 한 몸 챙기는 것은 물론 동기도 챙겨야 했다. 동기 한 명이 잘못하면 모두가 훈련을 받는다. 어쩌면 그 때문에 동기끼리 미워했을지도 모르지만 결과적으로는 더욱 끈끈해졌는지도 모르겠다.

동기들과 모이면 가끔 힘들었던 그때를 떠올린다. 아무리 힘들었어도 우리 기억 속에 그때의 일은 추억으로 남아 있다. 모난 감정도 시간의 풍화를 이기지 못했다. 마음속 깊이 묻어두었던 뾰족한 미움도 깎이고 삭는다는 것을 과거를 돌아볼 때마다 느끼게 된다. 기억에 시간을 더할 때 추억이 될 수 없다면, 미움만 남은 마음은 그 미움으로 살아가야만 한다. 얼마나 고통스러운 삶일까.

조금씩 어른이 되어가면서 아픔은 극복하는 것이 아니라, 시간과 함께 지나갈 수 있도록 잘 견뎌내는 것이란 생각을 한다. 아픔은 다루는 것이지 극복하는 것이 아니란 것을 안다. 아주 조금씩 나이를 먹어가면서 말이다.

누구나
자기의 역할이 있다

8시부터 12시까지 진행되는 아침 당직을 마치고 오후에 서류 업무를 얼추 마치니 약간의 여유가 생겼다. 그도 그럴 것이 칭다오 항구 입항 시간이 연기되었기 때문이다. 스케줄이 연기되는 일은 종종 있다. 거의 날씨가 원인인데 이번에도 그랬다. 안개가 자욱해 도선사 업무가 종료된 것이다.

선장님은 앵커링을 결정하셨다. 앵커(닻)를 떨어뜨려 파주력*으로 배를 바다에 고정하는 일이다. 물은 유동적이기 때문에 '적당한 움직임을 감안한 바다 위 주차'라고 생각하면 이해하기 쉬울 것이다.

---

* 닻이 해저에 파고 들어가 떨어지지 않으려는 힘.

단순히 '닻을 바다에 내려 배를 고정하는 행위'라고 하면 별거 아닌 것처럼 들릴지 몰라도 현장은 살벌하다. 거대한 배를 붙들 만한 무쇠로 만들어진 엄청난 무게의 닻. 그리고 그 닻을 이어주는 철 고리. 이 모든 것을 지탱할 수 있게 붙잡아주는 또 엄청난 힘의 제어장치. 움직임이 발생할 때마다 드르륵거리는 쇠의 굉음. 그리고 파편들. 실제로 닻을 내릴 때면 그 주위는 모래 바람이 이는 것처럼 뿌옇게 변한다. 파편이 튀는 걸 조심해야 하므로 가까이 있어서는 안 된다. 현장은 굉장히 위험하다. 소음과 뿌연 시야 속에서 1항사는 선장님의 명령을 받아 전달해야 한다.

일은 잘 마무리되었다. 해산하라는 선장님의 명령으로 흙먼지, 쇠 먼지를 뒤집어쓴 요원들은 해산했다. 다들 늘 해오던 일이라 아무렇지도 않은 듯 다음 일을 하러 유유히 걸음을 옮겼다. 그런데 순간 그런 그들이 달라 보였다.

보이지 않는 곳에서 묵묵히 자신이 맡은 일을 수행하는 사람들이 있기에 배도, 세상도 돌아간다. 중요한 것은 눈에 잘 띄지 않는다. 하지만 하나라도 없을 경우 존재가 위태로워진다. 평소에는 큰 쓸모가 없던 것도 중요한 순간엔 모두 자기의 역할이 있고, 그 역할은 무엇보다 소중하다. 닻이 그렇고, 닻을 내리는 사람들이 그렇다.

배에서는 모두가 중요한 구성원이다. 선장, 1항사, 2항사, 3항사 누구 하나 빠뜨릴 수 없이 중요한 역할을 맡고 있다. 배는 운명공동체다. 사고가 나면 모두 운명을 함께한다. 그래서 각자의 일과 노력을 존중해야만 한다. 배에서처럼 우리들이 살아가는 사회를 운명공동체로 인식한다면 서로 간의 관계가 보다 애틋해질 수 있을 텐데. 이 특수한 공동체를 내 운명의 공동체로 받아들이기까지 시간이 걸렸던 건, 세상의 물이 덜 빠져서였을 거다.

남의 떡이
커 보인다면

하루를 붉게 태운 태양도 다시 집으로 돌아가는 저녁 시간. 식사 시간만큼은 울리지 않았으면 하는 기관부 알람이 전 선원의 고막을 흔들었다. 사소한 알람은 대수롭지 않게 여기지만 오늘은 눈에 익숙지 않은 알람 리스트가 보였다.

'boiler, sanitary, steam pressure, cascade, high level.'

순간 기관부 식구들의 눈빛이 심상치 않아지는 것을 느꼈다. 알람을 확인한 3기사(3등 기관사)가 무슨 알람인지 말하는 순간 기관부 식구들은 들고 있던 숟가락을 놓고 기관실로 달려 내려갔다. 시니어 테이블에 있는 기관부의 수뇌이신 기관장님만 심각한 눈빛으로 골똘히 생각하며 무슨 일인지 알아보러 간 사관들을 기다리고 계셨다.

몇십 분 후 다시 돌아온 1기사님의 입에서 물이 샌다는 이야기가 흘러나왔고 원인은 찾아봐야 알겠지만 엔진을 멈춰야 할 가능성도 있다는 말이 들렸다. 넘어가던 밥알이 목구멍에 꽉 막힌 기분이 들었다. 이럴 때 기관부의 기분을 조금이라도 풀어주기 위해 갑판부가 해줄 수 있는 일이 있으면 좋겠다는 생각을 했다. 우리가 할 수 있는 일이라곤 최대한 심기를 건드리지 않으며 조용히 먹던 밥을 먹는 것뿐이었다.

항해사들에게는 휴일이 없다. 하루 여덟 시간은 무조건 당직에 임해야 한다. 배는 24시간 운항되기 때문에 일단 승선하면 6개월 동안은 단 하루도 쉴 수 없다. 반면 기관부는 다르다. 기관장, 1기사, 2기사, 3기사, 부원으로 이루어진 구성원들은 아침 8시부터 일을 시작해 점심을 먹고 저녁 식사 때까지 일한다. 일하는 곳이 바다 한가운데라는 사실만 빼면 출퇴근하는 직장인과 다를 바 없다. 주말에 쉴 수 있는 건 물론이다. 가끔 온종일 늘어지게 쉬고 싶은 날 기관부를 보면 부럽기만 하다. 배에서 유일하게 일과 휴식이 명확히 분리된 곳이 기관부다.

하지만 기관부 식구들의 말을 들어보면 쉰다고 쉬는 게

아니란다. 언제 알람이 와서 달려가야 할지 몰라 늘 긴장 상태에 있고, 일이 한번 터지면 밤낮 구분 없이 달려들어야 하기 때문에 오히려 일관되게 일하는 항해사가 부럽다고 했다. 게다가 40도가 넘는 기관실에서 일하는 것보다 바다도 보이는 쾌적한 곳에서 일하는 항해사가 더 좋아 보인다는 것이다.

결국 문제를 해결하기 위해 엔진을 멈추기로 했지만 기상이 좋지 않아 내일 아침으로 미뤘다. 정리를 마친 기관부도 내일을 위해 방으로 올라갔다. 하지만 알람은 기관 당직 사관을 편히 잘 수 없게 하려고 작정한 듯했다. 방으로 들어간 지 몇 분도 안 되어 당직 사관인 3기사가 다시 기관실로 뛰어 내려가는 소리가 들렸다. 알람을 잡으면 또 울리고, 잡으면 또 울리고, 계속해서 울리는 알람 때문에 3기사는 기관실에 상주해야만 했다.

일을 하다 보면 자기 일에 온전히 만족하기가 쉽지 않음을 알게 된다. 비슷한 일상이 반복될수록 무료함만 커진다거나, 때로는 정해진 규칙과 원칙을 쉽게 무너뜨리는 잠재된 나태함이 불쑥불쑥 밖으로 모습을 드러내기도 한다. 그럴 때마다 다른 세계를 동경하며 푸념하게 된다. 왠지 다른 사람의 삶은 나보다 더 나아 보인다. 타인의 삶을 겪어보지도 못했으면서 내 안의 무료가 깊어질수록 부질없는 동경이 자꾸만 마음에 부채질을 해댄다.

가끔 회사를 그만뒀다는 친구들의 소식을 들을 때가 있다. 사람들과 맞지 않는다던가, 일이 힘들다는 게 주된 이유였다. 그런 소식을 들을 때면 안타깝다. 어떤 조직에 속하건 성격이 딱 맞는 사람들만 만나 일을 할 순 없다. 또한 일이 힘들지 않은 사람이 어디 있을까. 적성에 맞지 않는다는 말도 그렇다. 적성이란 건 매우 추상적인 기준이다. 최소한 3년은 겪어봐야 그 일을 이해하게 된다.

또한 일을 배워가는 과정에서 뜻밖의 보람을 느끼고 그 일에 온전히 몰입하게 될지도 모르는 일이다. 성급하게 회사를 옮기고, 조직 안에서의 불화를 상황 탓으로만 돌려버린다면 그 사람은 철이 바뀔 때마다 회사를 옮겨야 할지 모른다. 요즘 몸값을 올린다며 잦은 이직을 당연시하는데, 최소한의 근무 기간을 채우지 않고 옮겨봐야 그건 소중한 시간을 낭비하는 것에 지나지 않을 것이다.

일에 무료함을 느끼는 이유는 그 일을 온전히 이해해서가 아니라, 단지 업무 규칙에 익숙해졌을 뿐임을 명심하고 스스로의 태만을 경계해야만 한다. 배에서건 육지에서건

사는 게 쉽지만은 않다. 산다는 건 치열하다. 앞으로도 치열할 것이다. 이 치열한 삶을 어떻게 살아야 할지 옳은 결정을 내리는 건 오롯이 나 자신의 몫이다.

날이 저물고 저녁 당직을 위해 방을 나섰다. 그때까지 선체를 오르락내리락하는 분주한 발걸음이 계속되고 있었고, 알람 소리는 끊이지 않았다. 기관부 식구들의 고단함이 고스란히 전달됐다.

번개
축제

'우르르 콰쾅'

'콰쾅쾅'

강렬한 빛이 하늘에서 바다로 내리꽂혔다. 어두컴컴한 바다가 순식간에 밝게 환해졌다 다시 어두워졌다. 아직 에너지를 다 쏟아내지 못해 근질근질했는지 구름은 남은 빛을 조금씩 토해냈다.

멀리서 구름을 봤을 때부터 하늘을 수직으로 가르는 번쩍거림과 허공에 쩌렁쩌렁 울려대는 굉음 때문에 이번 항해가 순탄치 않으리란 것은 예상하고 있었다. 그러나 항로상 피할 수 없었기에 정면 돌파하기로 했다. 거대한 구름에 발을 들여놓는 순간 번개들의 축제가 시작되었다.

눈앞에서 한겨울 앙상해진 마른 가지 모양의 번개가 섬광을 뿜으며 맹렬하게 바다 위로 내리꽂혔다. 그 번쩍임이 너무나 강한 나머지 번개가 지나간 자리에 착시가 일어나 번개의 잔상을 한 검은 테가 허공에 머물고 있었다. 하나의 번개가 내리꽂히고 연이어 또 다른 번개가 밤하늘을 밝혔다. 하늘을 찢는 소음이 바다까지 울리는 동안 배는 좌우로 심하게 흔들리며 앞으로 향했다. 하늘의 진노가 배를 향하지 못하도록 하기 위해 항해는 매우 조심스러웠다.

항해를 하는 항해사에게 이런 광경은 늘 경외감을 불러일으킨다. 자연의 위험한 힘, 그리고 거대한 아름다움. 다행히 우리 배는 번개가 치는 구간을 아무 사고 없이 빠져나왔다.

번개들의 축제가 벌어진 바다 한복판을 빠져나오면서 그리스신화 속 제우스신을 떠올렸다. 그의 손에 들린 번개가 바로 이런 모양 아니었을까 하고 말이다. 자연은 인간이 어쩔 수 없는 속수무책의 힘을 가졌기에 두려움을 느끼게 하지만 동시에 아름다움 역시 가지고 있다. 신이란 어쩌면 이런 모습이 아닐까.

자연 앞에서 인간이 얼마나 나약한 존재인지 매번 항해를 하면서 배우고 있다. 동시에 그럼에도 이 거친 바다를 건너고 마는 인간의 불굴의 의지 또한 배워간다. 신을 극복할 수는 없지만, 신은 이런 '의지의 인간'에게 최소한의 배려를 한다는 생각을 하게 되었다. 흔들지언정 못 가도록 막아서지는 않는다. 이런 경험은 살아가는 데 제법 큰 용기가 되어주었다.

'적당히'의
위험함

항해사의 역할은 승선하고 임하는 항해 당직뿐만 아니라 하역 당직도 있다. 대부분의 시간을 바다 위에서 보내지만 목적지에 도착했을 때는 부두에 정박해 화물을 싣거나 내리는 일도 한다. 짐을 싣고 내리는 일은 항해사의 중요한 역할 중 하나다.

컨테이너선이 부두에 정박하면 육상 크레인이 하륙해야 할 컨테이너를 내리고 부두에 있는 컨테이너를 싣는다. 컨테이너가 올바르게 실리는지, 선체에 손상이 생기지 않는지, 컨테이너 선적으로 인해 배가 한쪽으로 기울지 않는지 확인하는 것이 나의 역할이다.

하역 당직 복장은 위아래가 한 벌로 이루어진 작업복을 입고 안전모와 안전화(앞부분을 단단하게 만들어 무거운 물체에 찧게 되더라도 발을 보호할 수 있는 신발)를 신는다.

하륙은 선적에 비해 수월한 편이다. 터미널 측 하역 인부들이 올라와 컨테이너를 고정한 장치를 풀면 육상 크레인이 컨테이너를 부두로 옮긴다.

기상 악화로 인해 이틀이나 닻을 내리고 있던 배가 드디어 중국 상하이 항에 입항했다. 당시 나의 당직 시간은 새벽 12시부터 4시. 새벽 5시 30분 출항을 앞두고 있었기 때문에 새로 실은 컨테이너가 안전하게 고정되어 있는지 확인하는 것이 중요했다.

그런데 2단에 선적된 컨테이너 중 하나가 아래 컨테이너와 맞물려 있지 않았다. 하역 인부들이 일을 빨리 마무리지을 생각에 보고하지 않은 것이 분명했기에, 당직 타수를 불러 제대로 확인하지 않은 사실을 질책했다. 그리고 하역 인부의 수장과 작업관리자에게 제대로 선적할 것을 요구했다. 이럴 때 문제가 영어다. 하역 인부들은 영어로 설명하면 모른다며 얼렁뚱땅 어떻게든 넘어가려고 한다. 마음에 들지 않았지만 고래고래 소리를 질러서라도 지시를 관철시켜야 했다. 한바탕 진을 빼고 나서야 그들은 겨우 몸을 움직였다.

컨테이너선에는 여러 나라에서 생산된 수많은 물건이 실려 있다. 우리는 컨테이너를 안전하게 전달해야 하는 직업적 의무를 진 동시에 우리 자신의 생명을 스스로 지켜야만 한다. 다른 어떤 직업보다도 위험할 수 있기에 안전은 결코 간과할 수 없는 부분이다.

바다를 알면 알수록 무서워지는 건, 안다고 믿어온 나의 상식을 깡그리 부숴버릴 만큼 예측 불가한 변수들이 자주 발생하기 때문이다. 우리 인생도 마찬가지라는 생각을 최근에서야 하게 된다. 어릴 적 어른들이 삶을 자연에 빗대어 이야기할 때 깨닫지 못한 것을 바다 한가운데서 체험한 덕분이다.

우리 모두에겐 알면서도 무시한 사실이 참담한 결과로 돌아온 아픈 사건이 있지 않은가. 세월호 침몰의 결정적인 이유 중 하나도 화물을 제대로 고정하지 않아서였다. 배를 타는 나에게는 이루 말할 수 없는 큰 충격이었다. 배라는 특수한 공간을 누구보다 잘 이해하고 있기에 미로 같은 어둠에서 서서히 사라졌을 아이들의 모습이 가슴에 문신처럼 새겨지는 것 같았다.

관례, 적당주의가 삶에 던지는 파문은 실로 엄청남을 배를 타면서 배웠다. 각자에게는 주어진 역할이 있고 곧 타인의 생명, 재산과 직결된다. 나의 나태가, 나의 게으름이 타인의 삶을 무참히 짓밟을 수 있다는 사실을 오늘도 다시 되새긴다.

일단
해봐

"승주야, 너무 눈치가 보여…"
"승주야, 나 고민이 있는데…"

친구들은 나에게 종종 고민 상담을 부탁한다. 말하는 것보다 듣는 것을 좋아하고 공감을 잘하는 성격 덕분이 아닐까. 다양한 고민들을 듣고 있다가 내가 보통 하는 말은 이거다.

"일단 해봐!"

이렇게 대차게 말은 하지만 불평하는 그들의 삶이 오히려 부럽게 느껴진다. 단순히 밥을 먹고 카페에 갔다는 말만

들어도 그렇다. 배에서는 쉬이 맛볼 수 없는 달콤한 케이크와 여러 종류의 커피들. 마음만 먹으면 얼마든지 갈 수 있는 영화관. '나 이제 집 들어왔어.'라는 말도 나에겐 아득한 다른 나라 이야기처럼 들렸다.

원하는 것을 먹고, 사고 싶은 것을 사고, 보고 싶은 사람을 만나고. 물론 친구들도 나름의 힘든 점이 있겠지만 나에게 그들은 모든 것을 다 가진 부러운 존재다. 그래서 답답했다. 마음만 먹으면 모든 걸 누릴 수 있는 상황에서 할지 말지 고민하는 일은 분명 나에게는 사치다.

치킨을 먹고 싶은데 눈치가 보여서 말을 못 하겠다니. "먹고 싶으면 일단 말해봐. 나는 시키고 싶어도 시킬 수가 없는데. 진짜 먹고 싶어 하는 내 몫까지 맛있게 먹어줄래?" 이런 말을 하면 친구들은 겸연쩍게 웃으며 '아 맞다 그랬었지.' 하고 용기를 낸다.

진로, 연애 등 중요한 결정을 해야 하는 고민에도 일단 해보라는 조언을 많이 한다. 배에 있으면서 느꼈다. '선택을 할 수 있는 상황' 자체가 굉장히 소중한 것이다. 여러 개의 선택지가 사라지고 아무것도 선택할 수 없는 상황이 돼서야 알게 됐다. 선택의 순간이 왔는데 실행하지 않는다면 복을 발로 걷어차는 셈이라고. 선택조차 하지 못하는 상황에 대한 예의가 아니라고. 그러니까 일단 해봐야 한다. 잘 될 수도 있고 잘 안 될 수도 있다. 하지만 뭐 어떤가. 잘 안 되면 다음에는 그 선택지를 바로 소거해 더 빨리 결정할 수 있으니 결국 잘된 일이다.

결론은, 일단 뭐든 해보면 결국 잘된 일이 된다. 그러니까 무언가 고민하기 전에 일단 해보면 된다.

목표가 없어도
괜찮은 이유

나에겐 목표가 없었다.

    하고 싶은 것도 없었고 무엇을 좋아하는지도 몰랐다. 유명한 책이나 강연에선 목표가 있어야 열심히 하게 된다고 말했지만 무엇을 좋아하는지도 모르는 나한테 목표 설정은 까다로운 수학 문제를 푸는 것보다 어려웠다. 설정했다가 아니면 어떡하지? 나중에 진정으로 좋아하는 것이 생겼는데 다른 방향이면 어떡하지?

    하고 싶은 일이 확실해 열심히 노력할 수 있는 친구들이 부러웠다. 마라톤으로 치자면 그들은 출발선을 통과해 달리는 사람이었고 나는 아직도 출발지점에 서 있는 사람이었다. 그들은 나보다 한 발 혹은 몇 발 앞서 인생을 살고 있고 나는 뒤처지고 있다는 느낌을 지울 수 없었다. 그래서 선택한 방법은 더 뒤처지기 전에 일단 달리는 것이었다. 눈을 감고 전속력으로 달리다 보면 어딘가 도착해 있겠지.

그저 오늘 이 순간, 주어진 일이 있다면 그것을 해결하기 위해 최선을 다했다. 내가 무엇을 하고 싶은지 몰랐기 때문에 진짜 하고 싶은 일이 생겼을 때 바로 결정할 수 있도록 할 수 있는 모든 것을 해두려고 노력했다.

'나는 목표가 없기 때문에 더 열심히 해야 해.'
'매 순간 최선을 다하자.'

지금의 나의 모토이자 학창 시절 항상 마음속에 간직했던 말이다. 고등학생 때는 막연히 남들이 목표로 하는 유망 대학을 바라보며 공부했다. 그 시절 나의 생활은 다섯 단어로 요약할 수 있다. 학교, 기숙사, 공부, 밥, 잠. 그만큼 3년 내내 공부에만 매달렸다. 하지만 최종적으로 수능에서 만족스러운 결과를 얻지 못했고 부산에 남아 있기로 결심했다. 재수는 생각지도 않았다. 한 치의 후회도 남지 않을 정도로 최선을 다했기 때문이다. 다시 도전하더라도 지금껏 했던 만큼 할 수는 없었기에 덤덤히 결과를 받아들였다.

취직이 잘 되는 곳을 찾다 보니 간호나 해양, 두 가지 선택지가 나왔고 간호는 성격상 아닌 것 같아서 망설임 없이 해양을 택했다. 대학에 들어와서도 최선을 다했다. 시험기간에는 공부에 매진했고 학교 활동이 있으면 뭐든 참여해 이것저것 도전하다 한 대회에서 해양수산부장관상을 받기도 했다. 그러다 대학교 3학년 때 실습항해사로 실제 선사의 배를 경험해보는 기회를 가진 후 드디어 하고 싶은 일이 생겼다.

'배를 타고 싶다!'

육중한 배가 조그마한 나로 인해 조정된다는 사실이 멋졌고, 바다가 선사하는 아름다움에 매료된 것은 물론이었다. 처음엔 해양 대학을 나왔으니 배를 타봐야지! 하는 막연한 생각이었지만, 글로 배운 이론들이 하나씩 실제로 적용될 때마다 배에 대해 더 알고 싶어졌다.

나는 원래 다수가 가지 않는 길을 걷고 싶어 하는 사람이기도 했다. 어차피 누군가가 해야 할 일이라면 다른 사람이 아닌 바로 내가, 잘할 수 있을 것 같았다.

하지만 대학에서부터 여학생은 적게 모집했을뿐더러 각 회사에서 뽑는 여성 해기사의 수도 적었다. 한 회사에서 한

두 명, 많으면 네 명. 특히 우리 기수가 취업 준비를 할 때는 한진해운의 쇠퇴로 더더욱 여성 해기사들의 취업이 어려웠다. 나는 여성 해기사를 뽑는다는 공고가 나오지 않은 회사에까지 입사지원서를 내밀면서 배 타기를 원했다.

뭐든지 열심히 해온 노력이 만들어낸 결실이었을까. 다행히 바로 해운회사에 취직할 수 있었고 바라고 바라던 배를 탈 수 있었다.

목표가 없어도, 꿈이 없어도 좋다. 그리고 초조해하지 않아도 된다는 사실을 깨달았다. 그저 눈앞에 놓인 할 수 있는 것들을 하나씩 하다 보니 자연스럽게 하고 싶은 일이 보였다. 그때 바로 기회를 잡을 수 있도록 항상 최선을 다해야 한다는 사실도.

사방이 바다로 둘러싸인 배에서 석양이 지는 붉은 바다를 바라보고 있으면 배를 타고 있는 이 순간이 기적처럼 느껴질 때가 있다. 항해사로서 배를 타고 있는 지금의 내가 있기까지 나는 최선을 다했다. 만족한다. 그리고 계속 최선을 다할 것이다.

노력도 때론
배신한다

나는 모범생이었다. 질풍노도의 시기라는 사춘기 때도 딱히 눈에 띄는 일 없이 흘러갔으며 학교, 학원, 집만 다니며 해야 하는 공부만 했다. 열심히 했기에 상위권을 유지할 수 있었고 대학교도 무난하게 들어오는 것은 물론 취업도 어려움 없이 했다. 결과적으로 보면 별 탈 없는 인생이지만 그렇다고 쓰라림이 아예 없었던 것은 아니었다. 그리고 그 쓰라림은 나의 '자만'과 연관되어 있었다.

대학교 3학년 때까지만 해도 나는 노력하면 다 되는 줄 알았다. 노력한 덕분에 성적도 꽤 괜찮았고 개인 실습도 갔다 와서 취업까지 두려울 것이 없었다. 학기 초, 해운 선사들은 4학년 재학생들을 대상으로 장학생을 뽑는다. 장학생으로 선발된 학생은 장학금을 받는 것은 물론 해당 선사에 취업으로 연계되어 누구나 뽑히고 싶어 했다. 자기소개서와 면접을 통해 선발되는데, 나는 실습한 선사가 나를 당연히 뽑아주리라 생각하고 있었다. 실습할 당시 1항사님과 선장님께 좋은 평가를 받았으며 그 회사가 최초로 뽑은 여학생 실항사였기 때문이다. 그래서 다른 곳은 보지도 않고 내가 실습했던 회사 한 군데만 지원했다.

결과는 예상과는 정반대였다. 떨어졌다. 물론 면접에서 미흡했다거나 하는 타당한 이유가 있었겠지만 꽤나 충격이었다. 실습한 회사를 좋아했고 믿고 있었는데…. 자만했었다. 왜 나를 뽑아주리라 철석같이 믿고 있었을까? 실망과 동시에 엄청난 좌절감을 느꼈다.

두 번째 사건도 4학년 때 일어났다. 우리 학교는 기숙사 생활을 하면서 점수를 매긴다. 복장 상태가 불량하거나, 청소 상태가 불량하거나, 점검 시간에 늦거나, 규율을 어기면 벌점이 부여된다. 100점이 넘으면 일시퇴관이라는 조치가 이루어지는데, 제복을 반납하고 기숙사를 나와 사복으로 일주일간 학교를 다녀야 한다. 그런데 내가 일시퇴관을 당하게 된 것이다.

'설마, 내가?'

100점이 넘는다는 사실을 알고 지도하시는 분께 사정해 봤지만 소용없었다. 자만했던 것이다. 마지막 학창 시절을 자유롭게 보내고 싶은 마음, 얽매이고 싶지 않은 마음. 그 가벼운 마음이 일시퇴관으로 이어질 줄이야. 항상 바른길, 모범의 길만 걷던 나에겐 청천벽력 같은 일이었다.

두 번의 쓰라린 사건을 통해 느꼈다. 확실치 않은 무언가를 믿는 것을 경계해야 하고, 자만해서는 안 된다. 긴장의 끈을 놓으면 안 된다. 현실은 냉정하다.

취업 준비 기간이 되었다. 나는 이미 실패를 맛본 사람으로서 더 이상 쓰라림을 느끼고 싶지 않았다. 열심히 노력해 온 것이 수포로 돌아가지 않게 하려면 해온 것만 믿고 자만하지 말고 끝까지 최선을 다해야 했다.

초임사관 입사지원서를 받는 취업박람회가 시작되었다. 이미 내 손에는 A4용지로 깔끔하게 내 이름과 선사 입사지원서가 부착된 노란 봉투가 준비되어 있었다. 여성 항해사를 뽑지 않는 회사에도 지원했다. 최종 합격이 된 곳은 여성 항해사를 뽑을 생각이 없다던 회사였다.

아무리 열심히 준비해온 사람이라도 좌절감을 맛볼 수 있다는 걸 알았다. 긴장을 놓지 않고 끝까지 최선을 다해야 한다. 원하는 곳에 도달하려면 말이다.

사실은
게을러서

"너 부지런하잖아?"

"자기관리 잘할 것 같아."

　친구들한테 이런 말을 들을 때마다 생각한다. '내가?'

　단 한 번도 내가 부지런하고 관리를 잘하는 사람이라고 생각한 적 없다. 솔직히 말하면 게으르다. 휴가 때 약속이 없는 날에는 일어나는 시간이 낮 12시는 기본이고 오후 5시도 빈번하다. 일어나면 하루의 반이 지나 있다. 화장품이나 옷을 살 때도 또래들을 보면 어떤 모양, 어떤 색이 잘 맞을지 고민하면서 즐거워하지만 나는 귀찮다. 그냥 그 당시에 가격대비 좋다는 것을 산다.

　나의 게으름을 절정으로 느꼈을 때는 서울에서 지낼 방

을 구할 때였다. 집은 구해야겠고 돌아다니기는 귀찮았다. 인터넷에서 대략 어느 정도 가격이면 괜찮은지 알아본 다음 캐리어를 끌고 서울에 왔다. 첫 번째로 본 방이 나쁘지 않아서 바로 계약했다. 남들은 나중에 더 좋거나 저렴한 방이 나오면 배 아프지 않겠냐고 했지만 후회도 부지런한 사람이 하는 거다. 방을 구한 순간부터 다른 방에는 관심이 없어지기 때문에 비교도 하지 않는다.

이런 방식이 요즘 사람들과 다르다고 해서 비난받을 일은 아니라고 생각한다. 기회비용이란 게 있잖은가. 합리와 효율만을 좇는 사람들이 조그만 액정에 눈을 떼지 못하고 그 안에서 허비하는 시간을 생각하면 과연 그 효율과 합리에 수긍해도 되나 하는 의문이 남는다.

나는 결정이 빠르다. 이로 인해 금전적으로 다소 손해 보는 부분이 있을 수도 있다. 하지만 이조차도 모르고 지나간다면 그것을 꼭 손해라고 볼 수 없을뿐더러, 남들은 찾고 구하러 다니는 시간에 재빨리 안착해 그 안에서 무언가를 빨리 시작할 수 있다면 이것이 꼭 불합리한 선택이라고도 볼 수 없다.

사면이 바다로 둘러싸여 있고, 자유가 통제된 삶처럼 보이겠지만 오히려 이런 아날로그적인 환경이 가져다주는 창

조적인 영감은 세상을 바라보는 새로운 기회를 제공한다. 무조건 세상이 말하는 효율을 추종하기보다, 스스로 자신의 삶을 직시하고 조절해가는 지혜가 더 중요하다고 생각한다.

주변 사람들에게 하루에 손안의 액정을 몇 시간이나 들여다 보는지, 진정 그 시간이 자신에게 필요한 시간인지 자문해보라고 말하고 싶었다.

이 작은 화면이 내게 정말 효율적인 도구일까.

보이는 길과 보이지 않는 길

4장

날 덮치는 운명이
가혹하더라도

나의 계절은
이 바다에 없다

내 방에 들어오면 시간을 잊는다. 매우 현실적인 삶을 위해, 아주 비현실적인 이 공간을 받아들이기까지 무려 1년이라는 적응 기간이 필요했다. 방문을 열고 나가면 40미터 아래에 깊은 바다가 출렁인다. 안과 밖, 밝음과 어둠, 낮과 밤의 대립처럼 선명한 경계가 문 하나를 두고 그어져 있다. 이 공간이 주는 느낌이 참 묘하다.

나의 계절은 이 바다에 없다. 햇살에 투영된 물비늘이 보석처럼 반짝거릴 때 나는 가끔 계절 비슷한 것을 감지하기도 한다.

이 어둠 속에서 내가 보내는 시간이 어떤 목적 위에서 흘러가고 있는지 혼란스러울 때가 있다. 바다에는 바다를 표식할 그 무엇도 없기에 사실 아무것도 존재하지 않는 공허를 느끼고는 한다. 그래서 바다 위에서 종종 목적을 망각하게 되는 것이다. 그냥 한동안 멍한 상태로 그 자리에 머물러 있게 되는 상황은 이제 이상하지도 않다.

대신 내 방엔 작고 여린 전등이 하나 있다.

방안을 비추는 것은 작은 불빛 하나면 충분하다. 이걸 보면서 행복하기 위해 온통 밝을 필요는 없다는 생각을 한다. 이 불빛 하나가 바다에 작은 표식이 되어주길 바라면서 잠이 든다.

목적을 잊지 않도록,

시간에 휘둘리지 않도록,

내가 나로서 살아갈 수 있도록.

외할머니를
보내며

아랍에미리트의 바다 위에서 한 통의 전화를 받았다. 배 위에서의 통화는 흔치 않은 일이다. 예사롭지 않다는 예감이 들었다.

"승주야… 놀라지 마라. 외할머니가……."

그 뒤로 수화기에서는 한동안 엄마의 흐느낌 소리만 흘러나왔다. 쇠망치로 머리를 얻어맞는 느낌이 이런 것일까. 방으로 돌아왔다. 다리에 힘이 풀려 걷기가 힘들었다. 침대 위로 쓰러져 얼굴을 묻었다. 곧 시트 위로 눈물이 번져나갔다. 할머니 얼굴이 떠올랐다.

바다 한가운데서 부고를 듣는 순간, 물리적인 거리를 넘어서는 아득한 슬픔이 끼어들었다. 차고 눅눅했고, 한없이 깊고 끊임없이 아득한 슬픔이었다.

　지구 반대편에서 외할머니의 죽음을 애도할 수밖에 없었다. 할머니를 보내며 내가 할 수 있는 일은 연필을 들고 그리운 마음을 쓰는 것뿐이었다. 단지 그것뿐이었다.

건강관리도
능력

배에 올랐으면 그 무엇보다 우선적으로 생각해야 할 것이 있다. 바로 안전이다. 배에서는 'Safety First'라는 문구와 안전 캠페인 포스터를 심심찮게 볼 수 있다. 목숨과 직결되는 안전보다 중요한 것은 없으며 수천 번 강조되어도 지나치지 않다.

화물을 주로 운반하는 상선에는 전문 의료인이 승선하지 않는다. 규정상 의료관리자가 승선하는데, 3항사가 바로 의료관리자다. 대학 강의에서 기본적인 상황별 응급처치법과 CPR을 배웠지만 실제로 해본 적은 없다. 봉합 실습도 돼지고기의 살을 메스로 잘라 수술용 바늘과 실로 꿰매본 것이 전부다. 사람이 다쳐서 봉합해야 하는 상황이 닥치면 막막할 게 뻔하다. 즉, 응급처치에 대한 아주 대략적인

지식만 있는 3항사가 배에 있는 병원을 관리하며 의료관리자 자격으로 있는 것이다.

그래서 뱃사람들은 늘 이런 말을 한다. 건강관리도 자기능력이라고. 선원들은 의료가 열악하다는 사실을 알기 때문에 스스로 안전과 건강을 책임져야 한다고 생각한다. 누군가 다치면 자기 안전도 지키지 못했다는 이유로 다친 사람을 탓하는 경우도 볼 수 있다.

그도 그럴 것이 배에서 간단한 치료로 끝나지 않을 경우에는 선원 교대가 이루어져야 한다. 선장은 회사에 보고하고 교대할 사람을 새로 구해야 한다. 환자만 내려주고 가면 되지 않을까 생각할 수도 있으나 각 배마다 승선해야 하는 최소 인원이 정해져 있어 그에 충족하지 못하면 출항 자체가 금지된다. 배는 여러 나라를 항해하기 때문에 외국항일 경우 이러한 규정은 더욱 엄격하다. 따라서 배에서 다치는 것은 단순히 한 사람의 치료 문제뿐만 아니라 배의 전반적인 운항에 영향을 미치는 중대한 사고가 된다.

실제로 경미한 사고는 빈번하게 일어난다. 배를 타고 있는 사람들의 바지 끝단을 걷어 올리면 모두 한두 군데쯤은 멍이 들어 있다. 배 특유의 가파른 계단을 올라가다 정강이를 부딪치거나 구조물에 무릎을 부딪치기 일쑤다. 배는 모든 것이 철로 이루어져 있어 살짝만 부딪혀도 멍이 든다.

두 번째 배에 탔을 때 계단을 내려가다 미끄러진 적이 있다. 젖은 안전화가 문제였다. 큰 부상을 입지 않고 엉덩방아를 찧은 것이 다였지만 순간 난간을 잡으려고 뒤로 젖힌 팔 때문에 어깨와 팔 사이 관절에 찢어지는 듯한 통증이 밀려왔다. 팔은 겨우 움직일 수 있었지만 한동안 통증은 사라지지 않았다.

당시에는 걱정이 컸다. 혹시 뼈에 문제가 생긴 것은 아닐까. 뼈가 어긋나서 당장 손봐야 하는 상태가 아닐까. 한국에 들어가려면 12일 정도가 남았는데, 하필 자주 사용하는 오른팔이라 더욱 걱정이 되었다. 하지만 참을 만했고 일을 못 할 정도는 아니었기에 사람들에게 말하지는 않았다.

그럭저럭 일을 마무리하고 방에 들어와 따뜻한 물에 샤워를 했다. 아려오는 통증에 파스를 붙이고 아픈 부위를 찾아가며 꾹꾹 눌러도 보았다.

암막을 치고 불을 끄니 빛 한줄기 들지 않는 완전한 어둠이 내렸다. 순간 서러움이 몰려왔다. 아무것도 없는 망망대해 위에서 혼자인 느낌. 의지해서는 안 된다는 책임감이 만

들어내는 외로움은 항해를 하면서 느닷없이 마주하는 가장 큰 복병이었다.

이럴 땐 참 아프다. 몸이 아파서 마음이 아프다가, 마음이 너무 아파 그 통증이 피부까지 뚫고 올라온다. 배 위에서 눈을 감고 있으니 우주 공간을 떠다니는 기분이 들기도 한다. 이 우주와 나 사이에 흐르는 감각은 일정한 간격을 두고 찾아오는 팔의 통증뿐이었다. 두렵고 무서웠다.

존재한다는 건

아픈 팔로 일주일을 견뎠다. 배는 경로상 부산에 접안할 예정이었기에 배가 항구에 머무는 동안 병원으로 달려갔다. 그런데 의사를 만나기 전 예상치 못한 말을 들었다. 내가 전산상 출국으로 되어 있어 의료 보험 적용이 안 된다는 이야기였다.

승선할 때 여권에 출국 도장을 찍었던 장면이 떠올랐다. 부산에 접안했지만 입국 도장을 찍은 건 아니어서 지금 한국 땅을 밟고 있음에도 서류상으로는 입국한 게 아니었던 셈이다. 다행히 몸에 큰 이상은 없어 보험이 적용되지 않아도 비용이 많이 나오지는 않았다.

'존재한다는 것은 무엇일까?'

배로 돌아오는 길에 이런 생각이 들었다. 내가 실존한다고 해서, 세상은 나의 존재를 반드시 인정하는 건 아니었다. 이번 경우가 그랬다. 병원에서 내 존재가 부정되었을 때 돈 걱정과 별개로 내내 묘한 감정에 휩싸였던 이유는 존재한다는 의미 자체에 약간의 혼동이 왔기 때문이다.

실존이란 만져지는 것, 보이는 것, 물리적이고 경험적인 것이라 확신해왔는데 꼭 그런 것만은 아니었다. 존재한다는 건 그렇다고 믿는 것뿐만 아니라 증명할 수 있을 때 가능하다는 생각이 들었다. 그래서 사람들은 서류로, 자격으로, 숫자로 자신의 존재를 확인받으려 하는 걸까.

예고 없이
다가오는

배에서의 죽음은 모두 예고 없이 찾아온다. 산소가 부족한 탱크를 점검하러 들어갔다가 돌아오지 못할 수도 있고, 발을 헛디뎌 바다에 빠질 수도 있다. 배를 묶어둔 줄이 끊어지면서 몸을 칠 수도 있고, 바람에 떨어지는 경우도 있다. 사방이 강철이고 각진 모서리가 포진해 있으니 튕기고 날아가고 떨어지면 최소 골절 이상이다. 배는 언제든 죽음이 찾아올 수 있는 공간이다.

몇 달 전 한 항해사의 사망 소식을 접했다. 원인은 과다출혈. 배가 흔들리면서 유리잔이 깨졌고, 그 날카로운 조각이 몸에 박혔다. 동맥을 관통하자 엄청난 양의 피가 뿜어져나왔는데 결국 수혈이 늦어 쇼크사로 사망했다. 배는 육지와 멀리 떨어져 있었고, 헬기로 시간을 맞추기에도 너무 먼 거리였다. 육지에서 일어난 사고였다면 아마도 살았을 것이다. 이런 사고를 접하는 날이면, 죽음이 나와도 그리 멀지 않다는 생각을 하게 된다. 아직 20대에 불과하지만 승선과 동시에 암묵적으로 불확실한 나의 죽음에 동의한 셈이다. 수백 미터의 수심 위를 떠다니는 배에서의 생활은 땅을 딛고 살아가는 사람들에 비해 몇 배나 위험하다.

사실 배에서 중대한 사고는 드물다. 배라는 환경의 특수성을 알고 으레 더욱 조심하기 때문이다. 하지만 모두 알고 있듯, 조심한다고 해서 사고가 일어나지 않는 것은 아니다. 사고는 반드시 일어난다. 그 사고를 얼마나 예방할 것인가가 관건이다.

모두가 고요한 이 시간. 이 공간이 문득 무섭다고 느껴지는 밤이다.

약 먹는 걸
잊었다

비가 창을 때리듯 뿌려대던 날 배는 멈추지 않고 물길을 가르며 느릿느릿 다음 기항지를 향했다. 어제부터 목이 붓고 열이 오르더니 결국 탈이 나고야 말았다. 몸이 불덩이가 됐다. 납덩이처럼 무거운 몸을 겨우 일으키며 문밖으로 나섰다. 선실로 새어드는 바람이 목 뒷덜미를 파고들자 한기에 몸이 떨렸다.

아차! 약 먹는 걸 깜빡했다. 집이었으면 아마 엄마에게 또 한 소리 들었을 것이다. 피식 웃음이 났다. 스물일곱 성인이면서 엄마의 잔소리를 그리워한다. 아프면 제일 먼저 생각나는 게 엄마라더니.

약봉지를 찾아 약을 입안으로 털어 넣는데 엄마 냄새가

그립게 묻어났다. 한 소리가 아니라 열 소리도 좋으니 이렇게 아픈 날 옆에만 있어줘도 좋겠다는 생각을 한다. 아픈 날은 유독 바다와 육지 사이가 멀게 느껴진다.

폭풍우를
견뎌내는 힘

새는 비가 오면 못 나는 줄 알았다. 비에 날개가 젖으면 균형을 잡는 데에 문제가 생겨 비를 피하러 나무 밑이나 처마 밑으로 피하는 줄 알았다. 적어도 우리나라에서 보았던 작은 참새나 제비, 까치는 모두 그랬으니까.

살면서 가장 많이 본 새를 꼽아보라고 한다면 어렵지 않게 말할 수 있다. 바닷새. 육지가 보이지 않는 망망대해에서도 우리 배 선수에서 무리를 지으며 날아다닌다. 그들의 목표는 오직 '먹이'다. 배의 선체에 맞고 팅겨져 나오는 물고기들을 눈여겨보았다가 시야에 포착되는 순간 망설임 없이 바다에 수직으로 뛰어든다. 바닷새가 우리 배를 따라다닐 때 처음엔 단순히 놀이쯤으로 생각했는데, 수직으로 곤두박질치면서 순식간에 부리로 잡아챈 물고기를 본 순간

생존을 위한 몸부림이란 것을 알게 되었다.

놀랍게도 비가 내리는 날이나 태풍이 몰아치는 순간에도 그들의 먹이 사냥은 멈추지 않았다. 어지럽게 휘몰아치는 바람을 타는 놀라운 균형 감각과 결코 굴하지 않는 체력이 경이롭게 느껴졌다.

나는 저런 폭풍우 속에서도 흐트러짐 없이 목표를 향해 나아갈 수 있을까? 도대체 폭풍우를 견뎌낼 수 있는 힘과 정신은 어디서 나오는 것일까? 차가운 물속으로 어떻게 한 치의 주저함 없이 뛰어들 수 있을까?

육지와 아주 멀리 떨어진 바다 위에 있지만 바닷새는 나와 다르게 흔들리지 않았다. 중심을 잡고 목표를 향해 나아간다. 어떠한 어려움에도 굴하지 않는다. 두려움이 없어서가 아니라 그럼에도 불구하고 나아가고자 하는 절박함이 읽혔다. 내가 추구해야 하는 삶이 어쩌면 바닷새와 같은 삶이 아닐까. 햇살을 받아 더욱 빛나는 하얀 날개를 보며 나도 언젠가는 바닷새처럼 비상하리라고 꿈꿔본다.

밤공기

어둠이 내려앉은 저녁 시간, 모닥불을 앞에 두고 진솔한 이야기를 하게 되는 건 밤공기 덕이다. 모든 것이 다 보였던 낮과 달리 불빛이 있는 곳에만 집중하게 된다. 불필요한 풍경, 불필요한 소리는 다 차단한 채 착 내려앉은 어둠이 서로가 서로에게 집중할 수 있게 한다.

아직 나오지 않은 스케줄 때문에 상하이 항 앞 닻을 내린 저녁 당직. 선내의 불을 다 끄고 황색의 빛이 나오는 스탠드를 켜니 의도치 않게 무드가 잡혔다. 원래는 당직을 마치고 바로 내려가지만 그날 밤은 무척 고요했고, 부드러운 밤공기에 매료되어 그 자리에 좀 더 머물고 싶어졌다. 실항사(실습생)는 당직을 마치면 두세 시간 정도 실습 리포트를 작성하고 내려가곤 했다. 하지만 그의 리포트가 진전이 없었던 것을 보면 그 역시 편안한 밤공기에 취한 듯했다. 당직 교대를 하러 올라오신 2항사님, 실항사, 그리고 나. 우린 충만해진 밤을 둘러싸고 이야기를 나누었다.

대화는 배에서 시작해 배로 끝났다. 대화의 주제는 다양했지만 핵심은, 실항사에게 들려주는 '인생을 아주 쬐끔 더 살아본 선배의 이야기' 정도가 적당하겠다. 2항사님도 나도 겪어본 실항사 때의 에피소드, 그 당시의 고민이 지나고 보면 사소한 것을 알면서도 그때는 걱정하는 게 당연하다는 말, 실습을 마치고 준비해야 할 것들, 성적, 영어, 면허, 취업, 자기소개서, 면접 등 우리의 경험담은 끝없는 강물처럼 흘러나왔다. 실항사의 반짝이는 두 눈, 진지한 표정이 그 강물의 원천이었다.

하나라도 더 도움이 되는 정보를 알려주기 위해 희미했던 기억을 되돌리려 노력했다. 우리들의 이야기에 자극을 받았는지, 실항사는 앞으로 열심히 살겠다는 의욕 가득한 표정으로 브리지를 나섰고 방으로 돌아온 나도 여운이 남아 한동안 앉아 있었다.

두세 시간 정도 이야기를 나누면서 지나온 나의 경험이 적지 않다는 사실에 스스로 조금 놀랐고, 실습 중인 실항사에게 선배로서 무언가 들려줄 것이 있다는 사실에 뿌듯하기도 했다. 실수하고 깨지고 좌절하는 동안 늘 제자리에 정체된 기분도 들곤 했지만, 그러한 감각이 결국 앞으로 나아가는 진짜 증거였음을 깨닫게 되었다. 좌절하고 싶지 않아서 도전하지 않았다면 그것이야말로 진정 실패가 아니었을까 하는 생각을 지금에서야 조금씩 하게 됐다.

안정된 삶을 위해 배를 선택했다. 꿈이라기보다 현실을 생각했고 현실이 가리키는 방향으로 살고자 노력했다. 그런데 어느새 나는 안정 속에서도 무언가 꿈꾸고 있었고, 모두가 걷는 길이지만 그 안에서도 나만의 길을 찾고자 헤매고 있었다는 사실을 깨달았다.

경험은 곧 숙련되었음을 의미하는 것이 아니라, 내가 그렇다고 믿어왔던 일들 중 그러지 못했던 것들, 또 전혀 그렇지 않았던 일들을 직면하면서 흔들리고 좌절하는 반응을 몸으로 확인하는 것이며, 이를 계기로 개선하고 발전시켜 온 나만의 사건들의 총체를 뜻했다. 그런 의미에서 경험은 숙련이 아니라 지혜 그 자체였다.

외로움

그림자*
_____

그녀는
너무도 외로워
햇살이 비치는 창가를 등지고 섰다
자기 앞에 드리운 그림자를 보려고

    외로움을 느낄 때가 있다. 그러나 이 감정이 싫지는 않
다. 바다에서 외로움이란 피할 수 없는 감정이므로 받아들

_____

* 오스텅스 블루의 시 〈사막〉을 오마주해서 지었다.

이는 것이 나에게도 이롭다. 외로움과 우울은 다르다. 외로움은 관망하는 것이고, 우울은 어느새 빠져드는 것이다. 외로움은 관망하는 동안 수많은 심상을 불러일으킨다. 그것은 추억이기도 하고, 영적인 영감이기도 하며, 때때로 상상이기도 하다. 슬픔이며, 기쁨이며, 환희이며, 아름다움이기도 하다. 그러나 우울은 오로지 하나의 감정이자 하나의 색감이다. 절망과 어둠.

나는 창가에 드리워진 나의 그림자를 보며 따뜻한 위안을 받는다. 세상에서 누군가 나를 불러줄 때마다 반사적으로 나의 존재를 인식할 수 있다. 이것은 매우 고마운 일이다. 존재의 부재만큼 삶을 황폐하게 만드는 비극은 없으니 말이다.

이 배 위에서 나를 불러줄 사람은 많지 않다. 거대한 기계 위에서 기계적인 호출과 답변을 반복하는 동안 인격적인 대화보다 시스템 속의 기호만으로 소통하는 데 익숙해져 인간성의 메마름을 느낄 때가 많다. 그림자는 말이 없으나, 때론 하늘거리기도 하고 태양의 고도와 배의 방향에 따라 늘어났다 줄어들었다 하며 나의 정체성을 확인시킨다. 나는 고정된 인간이 아니며 세상의 변화를 수용하고 매 순간 바뀔 수 있는 인간임을 말이다.

별하늘

중국 셔코우 항蛇口港을 출항한 저녁, 연이은 스케줄에 몸도 마음도 지쳤다. 잠을 두세 시간 자는 것은 기본. 끼니를 걸렀던 적도 부지기수다. 방에 덕지덕지 붙어 있는 포스트잇. 해야 할 일이 빼곡하다. 입출항하느라 미뤄두었던 일들이 떠오르면서 머리가 지끈거렸다.

'언제쯤 마음 편하게 쉴 수 있을까?'

빼곡히 적힌 글들을 보니 숨이 막히기 시작했다. 일어나서 방을 나왔다. 시원한 공기라도 쐬자는 생각에 밖으로 통하는 문을 열었다. 그리고 보게 된 엄청난 풍경에 열었던 문을 닫지도 못하고 넋을 놓고 말았다.

깜깜한 밤, 깜깜한 하늘과 바다. 별이 밤하늘에 꽉 차있었다. 하늘에 하얀 모래를 흩뿌려놓은 듯했다. 알갱이가 모인 곳은 은하수가 펼쳐져 하늘을 가로질렀다. 무수한 알갱이들 사이에서 별자리를 찾기 어려울 정도였다. 크기도, 빛의 강도도 다른 은하의 하모니를 감상하고 있자니 그 황홀함에 눈을 뗄 수가 없었다. 색도 가지각색이었다.

그때 검은 하늘 동쪽에서 서쪽으로 가로지르는 환한 선하나가 순식간에 명멸했다. 별이 사라진 자리를 나는 한동안 올려다보았다. 그때 또 하나의 별이 떨어졌다. 찰나였기에 생각처럼 소원을 빌 수 있는 여유도 없었다. 별똥별을 본 것은 그때가 처음이었다. 선실로 돌아오고 나서도 별의 잔상은 지워지지 않았다. 오히려 그 여운은 그제야 시작되는 듯했다. 아름다운 것은 사라지지 않는다는 말을 어디선가 들은 적이 있다. 그랬다. 하늘에서 명멸한 별은 사라지지 않고 내 가슴과 두 눈 속에 깊이 박혔다. 그 여린 빛이 긴 꼬리를 늘어뜨리고 사라져가는 잔상이 마음 한구석을 비추는 듯한 기분이 들었다.

아름다운 것은 사라지지 않는다.
이 말의 의미를 조금 알 것도 같았다.

저마다
영롱하게

항해를 할 때 어선이 많은 곳이 가장 신경 쓰인다. 어선은 어디로 갈지 모른다. 우리 배와 무관하게 지나갈 것 같다가도 갑자기 방향을 돌려서 가까워지기도 하고 잘 가고 있다가 갑자기 멈추기도 한다. 가만히 있어도 안심할 수 없다. 어느 순간 움직일지 모르기 때문이다. 어선들 사이를 지나갈 때는 긴장의 끈을 놓을 수 없다.

어선이 보이면 어망도 조심해야 한다. 주변에 어망은 없는지, 어선이 어망을 끌고 가지는 않는지, 가만히 있던 어선이 갑자기 우리 배 쪽으로 돌진하면 바로 의심해야 하는 것이 항로에 어망이 있는지 확인하는 것이다.

나에게 어선은 이런 존재였다. 일단 보이면 신경 써야 할 것이 많다. 자칫 잘못하면 사고로 이어질 수 있어 골치 아프다. 장애물 달리기에서 길 위에 있는 장애물과 비슷했다. 일단 부딪치지 않고 피해가야 한다.

　자정에 시작하는 당직 시간. 문을 여니 예상대로 깜깜했다. 깜깜한 밤바다에 군데군데 밝은 불빛이 보였다. 어선 무리다. 보아하니 이번 당직 시간 동안은 어선을 피하면서 보낼 듯하다. 조금 귀찮은 당직이려니 했다. 다행인 것은 어선들이 움직이지 않고 있었다는 것. 불빛 사이를 잘 지나가면 무난하게 통과할 것 같았다.

　불빛이 점점 가까워졌고 옆으로 통과할 것이 확실했지만 긴장을 늦추지 않고 지켜보았다. 오징어잡이 배가 불을 밝힌다고 들었는데 맞는 것 같았다. 쌍안경으로 살펴보았다. 30대 후반으로 보이는 남성이 불빛이 비치는 물 쪽을 보고 있었다. 고기가 잘 잡히는지 확인하고 있는 것 같았다. 이쪽저쪽 확인하고 전등을 바로 매기도 하고 왔다 갔다 했다.

　열심히 일에 몰두하고 있는 그를 보자 문득 그의 삶이 머릿속으로 스쳐 지나갔다. 그는 아마 한 가정의 가장이 아닐까. 사랑하는 아내와 자식이 있을 수도 있다. 밤늦게 배를 타고 가서 집에 들어오면 아침이다. 자신만을 기다리고 있을 아내, 잔다고 얼굴도 잘 보지 못하는 자식. 고기를 많이 잡아야 생계가 유지되고 가족들에게 맛있는 음식과 좋은 옷을 사줄 수 있다. 고기를 잡는 일은 그들에게 전부다. 사랑하는 사람을 생각하며 열심히 일한다.

그가 분주하게 움직일수록 소중한 사람에 대한 사랑이 느껴지는 것 같았다. 그뿐만이 아니었다. 주변에 많은 불빛들이 보였다. 모두들 저마다의 삶을 담고 영롱하게 빛나고 있었다. 밝아지는 불빛만큼 가슴이 먹먹해졌다.

나에겐 그저 어디로 튈지 모르는 어선에 불과했다. 하지만 바다 속 물고기의 움직임을 알 수 없는 것처럼 물고기를 잡는 어선의 행동을 예측하기 어려운 것은 당연했다. 툴툴거리며 그들을 대했던 것이 조금 미안해졌다.

다시 눈을 들어 바라본 밤바다. 밤하늘에 있던 별이 바다에도 있었다. 각자의 삶을 담고 스스로 밝게 빛나고 있었다. 멀리서 바라본 바다에는 별이 가득 찬 은하수가 펼쳐져 있었다.

네가 날
생각한다면 말이야

가끔 생각나서 꼭 먹게 되는 요리가 있다. 아귀찜. 계속 먹고 싶은 건 아닌데 1년이나 2년 주기로 한 번씩 생각나서 먹게 된다.

책도 그런 책이 있다. 계속 보고 싶은 건 아닌데 이따금 떠올라 보게 되는 책. 생텍쥐페리의 «어린 왕자»가 나에게 그런 책이다. 여러 음식을 먹다가 아귀찜을 꼭 한 번씩 먹는 것처럼 여러 새 책들을 읽다가 결국은 또 «어린 왕자»를 집어 들게 된다. 볼 때마다 여운이 남고 느끼는 바가 다르기 때문일까.

가장 좋아하는 부분은 어린 왕자와 여우의 대화 장면이다. 그들이 길들임에 대해 이야기하는 장면이 있다. "네가 날 길들여준다면 내 삶은 햇살처럼 밝아질 거야. 다른 모든 발소리와 구별되는 하나의 발소리를 갖게 되는 거야. 다른 사람들의 발소리는 나를 땅속으로 숨게 하지만, 너의 발소리는 마치 음악처럼 나를 굴 밖으로 불러낼 거야. 자, 봐! 저기 밀밭 보이지? 나는 빵을 먹지 않아. 그러니까 나에게 밀은 소용없는 식물이야. 밀밭을 봐도 아무것도 생각나지 않아. 그건 얼마나 슬픈 일인지! 그런데 네 머리카락이 금빛이잖아. 네가 나를 길들여준다면 정말 멋질 거야. 황금빛 밀을 보면 네가 생각날 테니까. 그리고 나는 밀밭을 지나가는 바람 소리도 좋아하게 되겠지."

나도 무언가에 길들여지면 하루 종일 설레지 않을까? 주변에서 자주 볼 수 있지만 스쳐지나갔던 무엇이 있지 않을까. 그러자 눈에 들어온 것이 있었다. 컨테이너선을 타고 있으니 매일 볼 수밖에 없는 것. 바로 컨테이너. 여우가 말한 대로 바로 이 컨테이너에 길들여진다면 매일이 행복할 것 같았다. 설레는 마음으로 연필을 들었다.

네가 나를 생각한다면 말이야

그 마음을 예쁘게 포장해서 컨테이너에 담아주기만 하면 돼

그럼 그 컨테이너는 터미널을 지나서 우리 배에 실릴 거야

다만 어느 컨테이너에 실렸는지 말해주지 마

그럼 나는 우리 배에 올라오는 모든 컨테이너가

네 마음이 담긴 컨테이너라고 생각할 거야

하나하나의 컨테이너가 소중해지고 특별해지겠지

어느 컨테이너를 봐도 네 생각이 날 거야

날 생각하는 마음이 담긴 컨테이너는

이 바다 저 바다를 건너 이 나라 저 나라로 퍼지겠지

그럼 난 어느 나라에 가도 네가 잘 포장한 마음 덕분에 행복해질 거야

그러니까 네가 나를 정말로 생각한다면 말이야

그 마음을 예쁘게 포장해서 담아주기만 하면 돼

그럼 온종일 네 생각에 행복해질 테니까

온전한
나와의 만남

아무리 배를 타고 싶고, 이 일이 좋아서 하고 있다고 해도 마음 한켠에는 모순된 생각이 자리 잡고 있었다. 배 타는 순간을 내 인생의 시간으로 인정해주고 싶지 않다고 말이다. 분명 취직 후 대부분의 시간을 배에서 보내고 있으며 생활에 만족하고 즐겁게 보내고 있지만 이곳에서의 시간이 왠지 아쉽게 느껴졌다.

대학 졸업 후 스물네 살이라는 꽃다운 나이에 배에서만 지내야 하다니. 한창 이것저것 많이 해보고 도전해볼 시기가 아닌가. 아무도 관심 없는 망망대해에서 나의 청춘을 무참히 흘려보내고 있는 것 같았다. 안타까운 만큼 이 시간을 인생에서 취급하지 않는 편이 마음이 편했다.

항해사가 된 지 2년이 넘은 시점에 돌이켜보니 내가 은연중에 취급하지 않은 배에서의 시간은 나에게 분명 자양분이 되었다. 먼바다에서는 보고 싶은 사람을 볼 수도 없고 연락도 닿지 않는다. 육지에서 했었던, 하고 싶은 것들을 할 수도 없다. 하지만 결핍은 누리고 있었던 것들의 소중함을 일깨워주었고 소중함은 곧 감사로 이어졌다. 소중한 것은 없어져 봐야 안다는 말이 맞다. 멀리 떨어져 있다 보니 나에게 소중한 사람, 소중한 시간을 더 가치 있게 여기게 되고 감사할 수 있었다.

또한 혼자 있는 시간이 많다 보니 자연스럽게 생각하는 시간도 많아졌다. 배를 타기 전에는 주변에 나를 현혹하는 것들에 둘러싸여 사색에 잠길 틈이 없었는데, 이 세상에서 가장 고요한 곳이라는 생각이 들 정도로 정적인 곳, 바다와 나만 존재하는 곳에 오니 온전한 '나'와 마주할 수 있었다. 생각해보니 배에 오르기 전까지 태어나 단 한 번도 나는 누구이며, 무엇을 좋아하고, 언제 무엇을 할 때 진정으로 행복한지에 대해 진지하게 물어본 적이 없었다.

배를 언제까지 탈 생각인지 사람들이 묻는다. 결혼도 해야 하니 육상에서 자리를 잡는 게 낫지 않냐며 권한다. 솔직히 지금으로선 잘 모르겠다. 다만 지금 눈앞에 보이는 광

활한 은빛 바다를 다시 보지 못한다고 생각하면 슬픈 감정
이 드는 것은 확실하다. 분명히 말하자면 아직은 아니다.
언제까지인지는 모르겠다. 시시각각 변하는 바다가 지루하
게 느껴질 때쯤이려나.

배를 타고 있는 지금이 나는 행복하다.

이 또한
지나가리라

푸르게 출렁이는 물결을 따라가다 보면 그 끝에는 넓게 펼쳐진 하나의 선이 있다. 파스텔 톤 하늘과 맞닿아 있는 수평선. 동서남북 사방을 둘러봐도 온통 푸른색이다. 바다와 하늘이 내 눈에 보이는 전부다.

TV 프로그램 ‹나는 자연인이다› 등을 통해 사람들은 대부분 '자연인'을 산에서 생활하는 사람이라고 생각하게 됐다. 자연이라고 하면 보통 녹색 산을 더 많이 떠올리게 됐다. 하지만 바다와 하늘, 별들을 직접 관찰할 수 있는 나도 자연인에 가깝지 않을까? 바람과 파도, 비, 기온 등 자연에 직접적으로 영향을 받으며 살아가고 있으니 말이다.

이곳에서 밖을 바라보고 있으면 하루가 지나가는 것을

온전히 볼 수 있다. 수평선 위로 해가 뜨고 머리 위에서 강렬하게 내리쬐었다가 다시 바다로 숨어버린다. 어둠이 찾아오고 달과 별이 뜬다. 달이 지면 날이 밝아오기 시작해 태양이 붉은 옷을 입고 수평선 위로 떠오른다. 자연을 가릴 만한 건물이나 벽이 없기 때문에 눈앞에서 이 모든 광경을 목격할 수 있다.

평온하고 잔잔한 하루가 대부분이지만 그렇지 않은 날도 있다. 구름이 온 하늘을 덮고 성을 내거나, 굵은 비를 뿜을 때도 있다. 안개가 껴서 한 치 앞을 못 볼 때도 있고 천둥과 벼락이 쉴 새 없이 내리칠 때도 있다. 성난 파도 때문에 배가 이리저리 요동치기도 한다.

자연을 몸소 겪으면서, 자연이 보여주는 것들이 우리 인생과 비슷하다는 사실을 알았다. 무엇이든 영원한 것은 없다. 바닷새가 유유히 날아다니는, 영원히 평온할 것만 같은 바다도 한순간 돌변해 나를 집어삼키려 한다. 두꺼운 구름으로 가득 찬 하늘과 매섭게 배를 때리는 파도를 보면 어둠이 끝날 것 같지 않다. 그러다 언제 그랬냐는 듯 포근한 햇살을 내려 멋진 풍경을 선물한다.

꼭 나에게 말해주는 것 같다. 행복한 순간이든 힘든 순간이든 어떤 순간도 영원하지 않다고. 힘들다고 너무 좌절하지 말고 상황이 좋다고 너무 방심하지도 말라고. 하물며 자연이 이 정도인데 인간인 우리가 어떻게 좋은 순간만 고집할 수 있을까.

눈앞의 자연을 보고 있으면 '이 또한 지나가리라'라는 말을 깊이 이해하게 된다.

진짜
휴식

처음 배에 올랐을 땐 '쉬는 것'은 '자는 것'이라고 생각했다. 일과 사람들로 녹초가 된 날이면 어김없이 피곤한 몸을 침대에 맡겼다. 잠들기 전 방을 완벽한 암실로 만들고 삐그덕거리는 모든 소리를 차단했다. 눈과 귀를 쉬게 하고 잠을 푹 자면 모든 피곤함이 사라질 것 같았다.

하지만 이상하게도 날이 갈수록 피로는 풀리지 않았다. 잠자는 자세에 문제가 있는 건지, 잠자리가 불편한 건지, 나는 문제를 애꿎은 수면 패턴에서 찾으려고 했다.

그러던 어느 날, 저녁을 먹고 동료가 탁구를 치자고 했다. 일 때문에 피곤해진 몸을 탁구로 더 힘들게 하는 것 같아 거절했다. 하지만 계속되는 권유에 못 이겨 한번 도전해봤다. 첫 도전은 우스꽝스러웠다. 손과 발이 내 마음대로 움직이지 않아 모두를 웃게 만들었다. 열심히 탁구를 치다 시계를 보니 벌써 9시를 향해 있었다. 방에 들어섰을 때는 땀이 송골송골 맺히고 벌겋게 상기된 얼굴을 거울로 볼 수 있었다. 피곤이 몰려왔다. 씻고 잠을 자려는 순간 덜컥 겁이 났다. 욕심을 부린 건 아닐까. 무리를 했으니 내일이면 더 피곤해지지 않을까.

다음 날, 눈을 뜨니 몸이 뻐근했다. 하지만 기분은 상쾌했다. 그동안 묵혔던 피로가 내려간 것 같았다. 항상 무언가에 짓눌려 있던 마음이 생기를 찾았다.

피곤하면 자는 것만이 답이라고 생각했다. 하지만 잠이 피로를 푸는 유일한 방법은 아니었다. 일을 마친 후 바로 잠을 청하면 정신은 근무지에서 벗어나지 못했다. 눈 뜨면 일하고, 피곤하면 자고, 그리고 다시 일하는 생활을 반복하니 정신은 쉬는 날이 없었다. 온종일 일한 머리에게도 일로부터 해방될 수 있는 시간을 주어야 했다.

사실 제대로 쉬려면 장기간의 휴가만 한 것이 없다. 평소에 할 수 없었던 일들을 하며 몸과 마음을 충분히 쉬게 할 수 있으니까. 그러나 현실적으로 잦은 휴가는 어렵다. 특히 배에서는 적어도 6개월을 지내야 하기 때문에 더더욱 그랬다. 그래서 정신적인 피로를 풀기위해 취미를 갖는 것이 더욱 중요했다.

　처음에는 탁구로 시작했지만 나중에는 다양한 운동, 노래 부르기, 독서, 글쓰기까지 관심을 가졌다. 직접적으로 일과 연관되진 않았지만 순수하게 좋아하는 것을 타인과 이해관계로 얽히지 않고 할 수 있어서 좋았다. 때론 몸도 마음도 쉴 곳이 필요하다. 잠만 잔다고 피로가 풀리는 게 아니었다. 삶을 생기 있게 만드려면 충분한 수면뿐만 아니라 멀리 바라봐야 할 희망이 넘실거리는 태양도 필요한 법이니까.

처음이라서 생기는
두려움

처음 배를 몰았을 때 가장 두려웠던 건 선박과 교신하기였다. 안전한 항해를 위해 서로 어떻게 피할지 소통하는 과정이다. 목적은 간단했지만 영어를 사용해야 하고 둘의 대화가 주변 선박 모두에게 들린다는 점 때문에 두려웠다. 혹시 상대방이 말한 바를 못 알아들으면 어쩌지? 내 의도를 어떻게 말하지? 선박들 사이에서 웃음거리가 되면 어쩌지? 항해사인데도 항해하는 것보다 교신에 대한 두려움이 더 컸다. 에라 모르겠다. 눈 딱 감고 용기 내서 처음으로 해보았다. 생각보다 간단했다. 사용하는 말은 정해져 있고 무엇보다 상대방도 말을 잘하는 편이 아니었다.

2항사가 되어 처음으로 선미에서 줄을 잡을 때도 마찬가지였다. 하기 전에는 예측 불가능한 상황에 대한 두려움에 압도당했다. 선장님이 말하시는 바를 못 알아들으면 어쩌지? 나로 인해 입출항에 지장이 생기는 것은 아닐까? 하지만 숨을 크게 들이쉬고 했다. 아니 해냈다. 줄을 잡고 떼는 데에도 일련의 과정이 있어 흐름에 맞춰 명령을 따라가면 된다는 걸 알게 됐다. 첫 두려움만 넘기면 해볼 만했다.

해야만 하는 일뿐만 아니다. 자동차 운전도 그랬다. 하기 전에는 내가 차를 몰 수 있을까? 사고가 나지 않을까? 일어나지도 않은 상상 속의 일 때문에 겁먹었지만 막상 운전대를 잡고 원하는 곳에 도달하니 해볼 만했다.

처음이라서 생기는 두려움은 누구나 있다. 해보지 않았기 때문에 모든 방면으로 상상의 나래를 펼치기 때문이다. 상상할수록 두려움의 벽은 점점 높아만 간다. 일단 용기 내어 벽을 넘는 순간이 중요하다. 상상 너머의 세계에 일단 발을 들이기만 하면 해볼 만하다는 사실을 알게 된다. 나에게 처음인 길일지라도 누군가는 비슷한 길을 걸었다. 결국 모두 할 수 있는 일이다. 두려움을 박찰 수 있는 조금의 용기. 그거면 충분하다.

사실 이렇게 첫 번째 책을 쓰기까지도 많은 고민과 주저가 있었다.

'내가 뭐라고….'

'누군가 읽어주기나 할까?'

남들과 조금 달랐던 점은 처음이지만 용기를 냈다는 것. 두려움을 무릅썼다는 것. 그게 전부다.

하고 싶은 일이 있는 누군가에게, 그것이 처음이라면 더욱 '저는 처음이라서…'라고 빼지 말고 처음이기에 더 용기를 내라고 이야기해주고 싶어졌다. 분명 미소 짓는 일이 생길 테니.

행복하기 위해 온통 밝을 필요는 없다

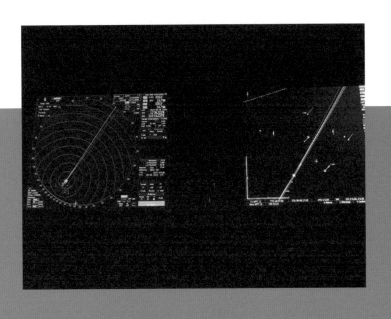

5장

바다를
사랑하는 일

바다 위
유일한 존재

한 해의 마지막 날, 배는 밤바다를 타 넘고 있다. 강철로 된 거대한 선박이 물을 밀치고 나갈 때마다 양쪽으로 물바람이 일었다. 대양을 횡단하는 바닷새도 12월의 매서운 바람을 타긴 쉽지 않아 자취를 감춘 모양이다. 새해를 몇 시간 앞둔 바다 위에는 강철로 된 인공 섬과 바람뿐이었다.

대양을 항해할 때면 내가 유일한 문명의 증거라는 생각이 든다. 그야말로 자연을 빼면 남는 것은 오직 배와 나뿐이다. 아직 인간은 지구 밖을 여행할 순 없지만, 설령 우주에 있었더라도 지금 느끼는 감정과 크게 다르지는 않았을 것이다. 유일한 문명인이 된다는 사실이 생각만큼 설레지는 않았다. 혼자라는 외로움과는 결이 다르다.

육지의 외로움은 일상적으로 삶을 공유하는 이들과의 일시적인 단절에서 오므로 매우 인간적인 감정인 데 반해, 문명인으로서의 외로움은 자연에 전혀 동화되지 못한 채 표류하는 이방인의 감정과 같다. 무엇 하나 서로의 것을 공유하지 못한 채 일방적으로 자연을 관망하는 것 이상의 관계로 나아갈 수 없다. 소유하기엔 아득하고, 외면해버리기엔 너무나 아름다운……. 가질 수 없는 것을 향한 동경과 절망이 뭉쳐진 그런 마음의 상태가 이방인의 감정이다.

나의 외로움은 어째서 타인의 외로움과 다를까 늘 의아했었다. 문득 오늘 그 이유를 알 것 같다.

안녕,
아빠

바다로 떠나는 내게 친구가 선물로 시집을 내밀었다. 시집에서 마음에 와닿은 시가 있었다.

'안녕, 피츠버그 그리고 책'

피츠버그에 있는 딸이 아빠에게 보낸 편지 형식의 시였다. 누군가의 '딸'이라는 단어에 담긴 안도감과 사랑의 온도를 배를 탄 후에야 느끼고 있다.

오늘은 항해사가 아닌, 누군가의 딸로서 펜을 들어야겠다고 마음먹었다.

첫 줄을 쓰는데 이내 눈앞이 흐려졌다.

보고 싶은 아빠.

젊은 날 아빠가 꿈꾸었던 세상 어디쯤 지금 우리 배가
지나고 있을지 모르겠다.

배는 내 삶이지만, 바다 위를 지나다 보면 아무것도 보
이지 않아. 그러다가도 어느새 어선들이 그물을 건져 올리
는 삶의 터전 한가운데를 지나기도 해.

참 신기한 게 어쩜 어딜 가도 사람이 있고, 그들 나름
의 삶을 꾸리기 위해 지혜롭게 일을 해나가는지. 세상은 마
구잡이로 생긴 것 같지만, 여러 나라를 다니다 보니 삶은 보
이지 않는 날실과 씨실로 잘 엮여 있다는 생각이 들어.

각자의 역할을 해내고 서로를 배려할 때 사랑이 싹트
는 걸 깨닫게 돼.

내가 만난 사람들은 저마다의 모습으로 늘 빛났어.

그들 뒤로 황혼이 내릴 때면 한 폭의 그림 같았지. 아
마 그들의 눈에 나도 그렇게 보이지 않았을까?

지금은 참 고요해.

그러다 언제 또 파도가 몰아칠지 모르지만. 별이 빛나
는 밤을 지금은 충분히 즐기고 싶어. 이 밤은 곧 구름들로

가득 차겠지. 번개가 칠 거고 억수 같은 비가 내릴 거야.

이젠 비가 싫지 않아. 별을 사랑하는 것처럼, 비의 운치도 알게 되었으니까. 의지로도 어찌할 수 없다면, 그것을 바라보는 사랑의 방식을 바꿔야 한다는 걸 알게 됐어.

사면이 온통 바다일지라도 배는 어딘가를 향해 가.

보이지 않아도 우리가 갈 곳이 있다는 것을 아니까. 두려움은 방향을 잃을 때 모습을 드러내지. 나는 바다를 바라보면서도 늘 목표를 생각해. 기항지가 지금은 내 삶의 목표이고, 그 점들을 이어가며 항해하는 배 위에서 아빠의 딸도 조금씩 성장해가고 있어.

아빠, 사랑하는 아빠.

내가 아빠라 부를 수 있는 아빠가 있다는 게 얼마나 큰 위로가 되는지 몰라. 건강해줘서 고마워. 내가 성장해가는 모습을 지켜봐줘서 고마워.

아빠의 존재 자체가 내겐 용기라는 걸 꼭 기억해줘.

태풍 속에서도 중심을 잃지 않는 바닷새들을 보았어.

어둠 속에서 빛을 잃지 않는 투명한 달을 보았어.

나도 그렇게 살아갈게.

이틀 뒤면 항구에 도착해.

쉴 틈 없이 달려가고 있어.

배가 항구에 닿으면 제일 먼저 달려가 안길게.

사랑해, 아빠.

무지개

'무지개다리 끝에 가보고 싶다!'

어렸을 적 맑게 갠 하늘에 예쁘게 핀 무지개를 보고 누구나 한번쯤 이런 생각에 잠겨봤을 것이다. 빨주노초파남보 일곱 색이 찬란하게 빛나는 무지개를 보면 그 순간만큼은 빛의 산란 작용이니 하는 과학적 이론을 떠나 저마다의 상상으로 무지개를 채우게 된다. 무지개를 따라 걷다 보면 언젠가는 닿지 않을까. 무지개 끝에는 무엇이 있을까. 혹시 다른 세상으로 이어져 있는 것은 아닐까. 뭔가 특별한 일이 일어날 것 같은 기분에 설렜다.

배 타는 일을 하지 않았다면 나는 어쩌면 지금까지도 무지개를 보며 동심에 빠졌을지도 모르겠다. 영원히 닿을 수 없다고 생각하고 즐거운 상상으로만 남겨두었을 것이다.

　하늘을 빼곡히 덮은 먹구름이 비를 한바탕 쏟아내고 유유히 사라진 후의 일이었다. 햇빛이 고개를 내민 잔잔한 바다 한가운데에 일곱 빛깔 무지개가 보였다. 보통 무지개는 하늘에 떠 있어 무지개를 그릴 때 구름과 구름의 징검다리처럼 그리는 경우가 많다. 하지만 이번엔 하늘에서 떡하니 내려와 수면 위에 있는 것이 아닌가! 더욱 좋았던 점은 우리 배가 가고자 하는 항로에 있어 이대로 항해하면 무지개의 시작점을 통과할 수 있는 상황이었다.

　무지개를 보았다는 설렘과 무지개 끝을 곧 통과할 것이라는 흥분에 잔뜩 들떠 있었다. 무지개가 어서 오라는 듯 손을 흔드는 것처럼 느껴졌다. 멀리서 한눈에 보이던 큰 무지개가 고개를 들어야 다 볼 수 있을 정도로 점점 가까워졌다. 콩닥콩닥. 내 가슴은 요동치고 있었다. 어렸을 적 상상만 했던 무지개 끝을 드디어 가본다!

　10미터,

　5미터,

　1미터!

잠깐 눈을 깜빡이는 순간도 아까웠다. 그런데 눈앞에 있던 무지개가 갑자기 빠르게 흐려지더니 사라졌다. 분명 일곱 빛이 앞에 있었는데! 눈 뜨고 코 베인 것마냥 한순간 감쪽같이 사라졌다. 어디로 갔지? 두리번거렸다. 그렇게 한참을 찾다 무심코 뒤를 돌아보았는데, 무지개가 우리 배가 지나온 자리 위에 떠 있었다. 처음부터 그 자리에 있었다는 듯 아주 평온하게 말이다.

'아...'

나도 모르게 긴 탄식이 나왔다.

어안이 벙벙해진 채로 무지개를 바라봤다. 처음 본 멋진 모습 그대로였다. 배의 속도만큼 무지개는 빠르게 멀어져만 갔고 일곱 빛깔 고운 선을 볼 수 없을 때까지 눈을 뗄 수 없었다. 무지개가 떠나고 바다는 다시 일상의 모습으로 돌아와 있었다.

나는 분명 무지개를 통과했다. 상상으로만 그리던 무지개다리 끝을 지나온 것이다. 하지만 그곳에서는 내 생각과 다르게 아무 일도 일어나지 않았다. 멀리서 지켜봐오던 일곱 색도 사라졌다. 그 일곱 빛은 무지개를 통과한 후에야 거짓말처럼 다시 나타났다. 무지개가 시작되는 지점에 들어섰지만 정작 그곳에는 존재하지 않았다. 허무했다.

문득 이런 생각이 들었다. 욕망은 늘 미래에 존재할 뿐 막상 현재에는 아무짝에도 쓸모없는 허무라는 생각 말이다. 삶도 그렇다. 갈망하던 것을 이루고 나면 그것이 내 삶의 궁극의 행복이 아니었음을 깨닫고 또다시 새로운 욕망을 만들어낼 뿐이다. 이뤘지만 뭔가 이상하다. 생각했던 것과는 다르다. 멀리서 보던 빛나는 세상이 아니다. 내가 무엇을 보고 그렇게 달려왔는지 의문스러울 수도 있다. 그래서 나 역시 한동안 당황하며 허우적대기도 했다.

실존주의 철학자 사르트르는 말했다. 실존을 앞서는 본질은 없다고. '욕망'의 뉘앙스가 부정적으로 읽힐 수 있지만 성장과 직결된 본능적 요소이기에 결코 부정적으로만 말할 수 없다.

'나'는 운명으로 정해진 존재가 아니라 스스로 삶을 개척해가는 존재다. 무지개는 삶을 추동하는 계기이며 이는 욕망이란 이름으로 드러난다. 우리는 욕망을 쫓아 최선의 삶을 살아야 하고 그 삶을 통해 새롭게 거듭나는 자신을 만날수 있다. 무지개가 현실에 존재하지 않고 늘 한 치 앞에서만 확인되는 것은, 현실에서 무지개를 얻는 순간 인간의 발전도 그 지점에서 멈추고 말기 때문일 것이다.

무지개는 잡히지 않기에 더 가치 있다.

마음먹기에
달렸다

'항상 틀에 박힌 일정한 방식이나 태도를 취함으로써 신선미와 독창성을 잃는 일'을 매너리즘이라고 한다. 가장 매너리즘에 빠지기 쉬운 직업 중 하나가 배 타는 일이 아닐까. 눈을 뜨면 늘 같은 방, 똑같은 풍경에, 당직을 서고, 어제 보았던 사람을 만나고, 똑같은 장소에서 일을 하고, 같은 시간에 밥을 먹고. 직업 특성상 틀에 박힌 방식이나 태도를 취할 수밖에 없기 때문에 타성에 젖기 쉽다.

나도 예외는 아니다. 처음 승선했을 때와는 달리 어느 정도 적응하고 나면 꼭 한번은 매너리즘에 빠진다. 삶이 너무 무료하고 따분하다. 같은 풍경, 같은 사람, 열심히 일해도 변하지 않는 환경. 누군가 알아주는 것도 아니고 사방이 물

뿐인 이곳에서 철저히 홀로 지내는 느낌이다.

　보통은 하루 저녁이나 이틀이면 매너리즘에서 빠져나왔지만 한 번은 한 달이 넘게 간 적이 있었다. 계속 힘이 없고 뭔가를 하고 싶지 않았다. 다운받아 놓은 웃긴 프로그램을 보아도 잠시 피식거릴 뿐 다시 적적한 마음으로 돌아왔다. 밥을 먹는 것, 심지어 잠을 자는 것조차 귀찮았다.

　달력이 한 장 넘어가는 날, 정말 이렇게 살면 안 되겠다 싶어 밑져야 본전이라는 마음가짐으로 지금의 생활이 매우 즐겁다고 나 자신을 세뇌해 보았다. 재미없게 보내든 즐겁게 보내든 어차피 흘러가는 시간인데 이왕이면 즐겁게 보내는 쪽이 낫지 않을까. 한번 해보지 뭐.

　상하이를 출항해 태국까지 일주일가량 걸리는 항해 기간 동안 대략적인 나의 하루 스케줄은 이랬다. 점심을 먹고 당직을 서고 브리지나 OFFICE에서 일을 하다가 저녁을 먹는다. 저녁을 먹고 노래방에서 노래를 조금 부르다가 탁구를 치고 잠시 눈을 붙인다. 일어나서 새벽 당직을 서고 당직이 끝나면 해야 할 일을 마무리한 후 방에서 생각을 정리하다가 잠이 든다.

　하루 일과를 글로 풀어 쓰니 딱히 눈여겨볼 것 없는 일상처럼 느껴진다. 동사가 끝나기 전에 '즐겁게'라는 형용사를 넣어서 다시 읽어봤다. 점심을 '즐겁게' 먹고 브리지나 OFFICE에서 '즐겁게' 일을 하다가 저녁을 먹는다. 저녁을 먹고 노래방에서 '즐겁게' 노래를 조금 부르다가 '즐겁게' 탁구를 치고 잠시 눈을 붙인다. 일어나서 '즐겁게' 새벽 당직을 서고 당직이 끝나면 해야 할 일을 '즐겁게' 마무리한 후 방에서 '즐겁게' 생각을 정리하다가 잠이 든다.

읽는 것만으로도 즐거운 감정이 더해진다. 하는 일은 어제와 다를 바 없이 똑같았다. 단지 내 마음만 바꿨을 뿐이다. '즐겁게'라는 주문이 일상을 새로운 시각으로 보게 만들었다. 지금 늘 반복되는 똑같은 일상을 '재미있는데?'라고 생각하고 다시 보면 어떨까. 흥미를 느낀 사람은 대상을 대하는 자세가 일단 가볍다. 부담감이 사라지고 재미있는 것을 찾아내기 위해 시야도 자연스럽게 확장된다. 늘 보던 것이 아닌 다른 것이 보이면서 신선하게 느껴지는 것이다. 눈에 닿는 모든 것이 재밌거리가 되는 경험을 할 수 있다.

매너리즘에 빠졌다면 무료함이 찾아오는 순간 마음속으로 외쳐보자. '재미있는데?' '즐거워!' '괜찮은데?' 분명 달라 보이는 지점이 있을지도 모른다.

꼬마삼기사의
생일

톱니바퀴처럼 굴러가는 하루를 반복하다 보면 자연스럽게 이야깃거리가 고갈된다. 이런 생활 중 생일은 사람들과 추억을 쌓을 수 있는 색다른 이벤트 중 하나다.

배에서 맞이하는 12월 31일도 어제와 다를 바 없이 지나갈 줄 알았다. 온통 관심은 1월 1일에 쏠려 수평선 위로 떠오르는 태양을 볼지 말지, 새해에는 무엇을 할지 동료들과 이야기하며 지나갈 줄 알았다. 하지만 당일이 되어서야 알았다. 12월 31일은 바로 우리 꼬마삼기사의 생일이었다.

그를 꼬마삼기사라고 부르는 이유는 피부도 희고 키도 작아 영락없는 꼬마처럼 보이기 때문이다. 실제로 해양 고등학교를 졸업 후 바로 취직해 나보다 경력은 많지만 나이는 제일 어리다. 애기 같이 생긴 외모 때문에 선장님이 두

명의 삼기사를 구분하려고 한 번 꼬마삼기사라고 언급한 적이 있는데 그 이후로 별명이 되어버렸다.

　새해를 맞이하기 위한 징검다리인 날 정도로 생각했는데 플랜을 바꿔야 했다. 나는 마음이 맞는 2항사님, 실항사와 함께 즉각 파티 계획을 짰다. 마침 내가 가지고 있던 초코파이로 단을 쌓고 천하장사 소시지를 초처럼 사용해 생일 케이크를 만들었다. 꼬마삼기사의 얼굴이 그려진 롤링페이퍼를 만들고 선내를 돌아다니며 선원들에게 짧은 축하메시지를 받았다. 센스 있는 조리장님은 저녁 메뉴를 바꿔 미역국을 해주셨다.

　미역국이 올라온 성대한 저녁 식사가 끝나고 주니어 사관들이 모여 생일파티가 시작되었다. Officer's recreation room의 노래방 기계에는 생일 관련된 노래가 흘러나왔다. 모두 삼기사의 생일을 축하하는 마음으로 사이좋게 한 곡씩 불렀다. 그리곤 방에서 각자 선물이 될 만한 것들을 가져와 삼기사의 품에 멋쩍게 안겨주었다. 나는 마스크 팩과 핸드크림을 선물했고, 선장님은 음료수 한 박스를 선사해 생일 분위기를 고조시켰다. 이런 날에 생일빵도 빠질 수 없었다. 세게 때리면 가만있지 않겠다고 으름장을 놓는 모습에 폭소가 터졌다.

사람들과 이야기는 곧잘 하지만 특유의 시크함 때문에 감정 표현에 무딘 꼬마삼기사도 오늘만큼은 진심으로 행복해보였다. 우리의 웃음소리는 한동안 끊이지 않았다. 그들이 행복해하는 모습을 보니 나까지 행복해졌다. 잔잔한 수면 위로 고개를 내민 행복은 그윽한 파동을 만들어 바다 구석구석으로 번져나갔다. 그날은 하루 종일 기분이 좋아 잠을 설칠 정도였다.

문득 이런 생각이 들었다. 나는 행복을 갈구하는 사람이다. 삼기사와 동료들의 진심 어린 웃음은 시들어가는 초원에 내린 단비처럼 나의 존재를 일깨워주었다. 아무것도 바란 게 없다고 생각했는데 거짓말이었다. 그들이 행복해하는 모습을 보려고 한 것 같다.

타인의 행복이 나에게 큰 기쁨이 되는 것을 알았다. 그 행복이 나의 노력으로 이루어졌을 때 그 크기는 배가 된다.

다음 배에 오른 지 얼마 안 돼서 갑자기 선장님이 나에게 물으셨다. "너는 꿈이 뭐니?" 나는 대답했다. "남을 행복하게 하는 거요." 대답하고 나서 생각해 보니 웃음이 터졌다. 예상치 못한 답변에 당황했는지 선장님도 덩달아 웃으셨다. 우리는 말 없이 웃고 또 웃었다.

탁구

탁탁탁- 텅- 끼긱-

"오예~!"
"안 돼~~~"

저녁 식사 시간이 끝나고 3항사의 울부짖는 소리가 선내에 울려 퍼졌다. 얼굴에는 송골송골 맺힌 땀이 무게를 못 견디고 떨어져 검은 티셔츠를 더욱 짙게 물들였다. 그의 손에는 배의 세월과 함께한 빛바랜 탁구채가 쥐어져 있었고 맞은편에는 의기양양하게 승자의 웃음을 보이는 3기사가 거친 숨을 고르며 서 있었다. 내일 설거지 당번은 3항사로 확정이다.

시작은 설거지 당번 정하기에서 비롯되었다. 조리원이 없는 배에서 주니어 사관들은 식사 후 자신이 사용한 그릇을 자신이 설거지해야 한다. 처음에는 가위바위보로 하다가 종목을 바꾸어 탁구로 설거지 당번을 정하기로 했다.

박빙의 승부를 통해 당번은 3항사로 결정 났다. 하지만 당번이 정해지고 난 후에도 우리들의 손에서 탁구채가 떨어질 기미는 없어 보였다. 모두가 탁구의 매력에 빠진 것이 분명했다.

처음 탁구를 쳤을 때는 탁구채조차 어떻게 잡아야 할지 몰라서 아무렇게나 쥐고는 공이 라켓에 맞았다는 사실만으로 기뻐했다. 경기를 하는 시간보다 엉뚱한 방향으로 날아간 공을 주우러 가는 시간이 더 많았다. 나중에는 바닥에 떨어진 공을 줍지 않고 받아치는 바람에 바닥과 천장을 포함한 탁구장 전체가 우리의 경기장이 되었다. 자세는 말할 것도 없다. 공을 받아내는 데만 집중하다 보니 요리조리 팔을 뻗는 모양새가 신장개업 식당 앞의 바람 인형처럼 우스꽝스러웠다. 우리는 서로를 바라보며 깔깔거렸다.

웃고 즐기는 사이 우리의 실력은 향상되었다. 탁구는 정직한 스포츠다. 하면 할수록 실력이 는다. 재미에 성장의 쾌감이 더해져 그만둘 수 없었다. 지금은 제법 공이 왔다

갔다한다. 게다가 직선 방향으로 정직했던 공에 회전이 걸리기 시작하면서 재미가 더 쏠쏠해졌다. 어떻게든 받아치려고 방법을 연구해 돌파구를 찾는다. 비록 자세야 엉성하지만 오히려 그편이 탁구를 즐기는 데 한몫했다.

땀과 열기로 가득 찬 탁구장에 갑자기 문이 벌컥 열렸다. 젖혀진 문 뒤로 우리 배 탁구 일인자가 위풍당당하게 서있었다. 바로 1항사님이시다. 우리 1항사님으로 말씀드릴 것 같으면 무려 개인 탁구채를 소지하고 다니신다. 지나가는 공을 한번 스쳤을 뿐인데 생각지도 못한 방향으로 빠르게 내리치며 '나는 고수'라는 이미지를 풀풀 풍긴다. 어느 방향, 어느 스타일로 오든 다 받아내는데 공의 회전과 속력 조절은 물론 방향 전환도 능수능란하다.

공을 받아내는 자세는 무림의 고수를 연상케 한다. 민첩한 동작으로 껑충 날아올라 빠르게 공을 내려치는데 '나비처럼 날아올라 벌처럼 쏜다'는 표현이 아깝지 않다. 상대방 쪽을 향해 기합을 넣으며 전속력으로 달려가며 받아치는가 하면, 발과 손을 동시에 뻗어 마치 장풍 쏘는 듯한 자세로 '쿵' 소리와 함께 공을 넘기기도 한다. 보고 있자면 마치 한 편의 공연 같다. 박수와 환호가 절로 나온다.

3항사는 어떻게든 이기려고 꼼수를 쓰기 시작했다. 하

지만 무림의 고수는 악한 의도를 가진 자에게 얄짤 없었다. 3항사가 처절하게 몸부림칠수록 더더욱 가차 없이 받아쳐 큰 웃음을 선사했다. 3항사는 11대 0으로 완패했다.

탁구의 힘은 대단하다. 에너지를 쓰는 동시에 에너지를 받는다. 소비한 에너지를 주변 사람에게 다시 건네받는다. 함께하기 때문에 가능한 일이다. 한 번도 제대로 같이 일한 적 없는 기관부 친구들과 거리낌 없는 사이가 된 것도 탁구의 힘이었다.

놀라기도 하고 웃기도 하고 쓰라리기도 한 기억들이 모여 추억이 된다. 무엇보다 모두가 즐거워하는 지금이 좋다. 모두를 즐겁게 해주는 탁구가 좋다.

휴가

배 타는 것을 직업으로 하는 사람들에게 휴가란 그 의미가 남다르다. 6개월을 바다에서 일하다가 한 달 반 휴가를 가지고 또다시 최소 6개월 이상 배 생활. 1년 중 2~3개월밖에 없다 보니 그동안 누리지 못한 것들에 대한 애틋함 때문에 하루하루가 소중하다.

휴가를 나온 해기사를 단기 백수라고 한다는 말을 들은 적이 있다. 맞는 말이다. 남들은 하루를 낮과 밤으로 나누고 일주일은 평일과 주말, 공휴일로 구분하지만 나에겐 그저 매일이 다른 24시간이다. 다음 승선하는 날이 디데이고, 그전까지는 모두 휴일인 셈이다. 하루로 보면 길고 전체로 보면 짧은 휴가. 뱃사람들에게 휴가는 단순히 쉰다는 의미보다 이전 승선에서 대단히 수고가 많았으니 다음 배를 맞이하기 전 기력을 충분히 회복하고 더욱 힘내자는 보상의 의미가 크다.

휴가가 없었다면 배를 계속 타기 힘들었을 것이다. 물론 배 생활을 좋아하지만 쉼은 필요하다. 휴식 후 배를 타면 새로운 마음으로 임하게 된다. 흔히 말하는 '초심' 에너지가 발휘되어 일에 더 집중할 수 있고 열심히 하게 된다.

일뿐만이 아니다. 원기가 회복된 건강한 마음은 주변 사람들에게도 긍정적인 영향을 미친다. 충분한 휴식을 취한 사람은 스트레스를 받아 화가 나 있거나 울상일 가능성이 적다. 대화를 할 때 눈이나 말투, 행동에서 생기가 돌며 상대방도 긍정적인 기운을 받을 수 있다.

쉼을 통해 내 직업을 더 사랑하게 된다. 배를 타는 일이 좋다고 확신했을 때는 배 안에서가 아니었다. 휴가를 받고 내가 하고 싶었던 일을 하면서, 소중한 사람과 의미 있는 시간을 보내면서 깨닫게 되었다. 내가 지금의 행복을 누릴 수 있는 건 현재 하고 있는 일 덕분임을.

일이 잘 안 풀리고, 하기 싫고, 머리가 아플 때는 잠시 내려놓고 쉬어야 한다. 충분한 휴식을 취한 후 다시 바라보면 새롭게 느껴지는 것들이 늘 있었다.

동심
배달꾼

배 내부 에어컨이 고장 났다. 더위엔 강하고 추위에 약한 나로서는 별로 상관없는 일인 줄 알았는데, 동남아 출항 후 시작된 정수리가 익을 듯한 맹렬한 더위는 나의 육체와 정신을 흐물흐물하게 만들어놓았다. 문을 열어놓아도 뜨거운 바람은 식지 않았다. 오히려 뜨거운 바람이 밖에서 안으로 들어오고 있었다. 밖도 안도 맹렬한 더위에 포위된 상태였다. 18명의 선원은 더위 때문에 잠을 설쳤는지 퀭해진 눈에 그늘이 잔뜩 끼었고 스치기만 해도 주먹을 휘두를 것처럼 예민해진 상태였다.

중국 상하이 항의 연안으로 들어서자 바다 위에서도 곤충들이 보이기 시작했다. 배를 따라 날아다니던 잠자리 두 마리가 열린 내 방 창문으로 들어왔다. 열심히 타자를 치며 일을 하고 있던 나는 붕붕 소리를 내며 날아다니는 날갯짓에 잠시 시선을 빼앗겼다. 바다에서 생명체를 보면 늘 낯설고 신비로운 기분이 든다. 바다 위에서 잠자리라니. 이때 열린 창문 사이로 연안에서 불어오는 시원한 바람이 따라 들어왔다. 잠자리의 여린 날개가 바람을 따라 기분 좋게 떨렸다. 나는 자판에서 손을 떼고 이 순간이 조금 더 오래 지속되었으면 하는 생각으로 눈을 감았다.

잠자리 한 쌍이 예민해져 있던 마음에 시원한 단비를 내려줬다. 갑자기 글이 쓰고 싶어졌다. 이 글을 마무리하며 제목을 뭐라 할까 고민하다, 동심배달꾼으로 결정했다. 잠자리와 바람 덕분에 잠시나마 아이의 마음으로 돌아갈 수 있었으니까.

넌 어느 바다에
살고 있니

그 녀석일까? 별고래. 널찍한 회갈색 등 위로 번진 물비늘
이 보석처럼 반짝이던 녀석을 난 별고래라 불렀다. 사실 별
고래는 그날 이후 나와 다시는 마주칠 수 없을 확률이 더
컸다. 이 넓고 넓은 바다에서 두 번째 만남은 우연이라 해
도 불가능한 일이었다.

멀리서 거대하고 우아한 몸짓을 하는 무언가가 한눈에
들어왔다. 고래였다. 나는 고래를 보자마자 별고래라 믿고
싶었다. 잠깐 둥근 등을 보이더니 잠수함처럼 가라앉다 완
전히 사라졌다. 지난번처럼 배 주위를 어슬렁거리지도 않
았다. 다시 모습을 보이려나 싶어 쌍안경을 들고 배 주위를
살펴보았지만 고래는 더 이상 모습을 드러내지 않았다.

깊은 바다 아래에는 내가 상상치 못한 세계가 펼쳐져 있다. 인간이 접근하지 못하는 해저에는 괴이하고 신비로운 생명체가 존재할 것이다. 어쩌면 진짜 별빛을 발하는 고래가 있을지도 모른다. 고래가 사라진 물 위에 시선을 둔 채 물속 세상을 상상해봤다. 물 위로 항해하는 배는 물속을 알 길이 없다. 생각해보면 사과 껍질을 사과라 할 수 없듯이 내가 알고 있는 바다는 속이 꽉 찬 바다의 얇디얇은 표피에 불과했다. 무엇을 안다고 말하는 건 참 경솔한 일이었다. 바다에서 생활하는 동안 어쩌면 내가 알아가는 세계만큼 나는 더욱더 무지해져 가는지도 모른다. 아니 그렇다고 단언하는 게 맞을 것이다.

배울수록 겸손할 수밖에 없다. 바다를 알아가면서 절로 숙연해지는 건 안다는 것이 곧 미지의 세상으로 들어가는 입구라는 사실을 깨달았기 때문이다. 나는 바다의 표피를 떠다니고 있을 뿐이니까.

덕분에 우리나라가
밤이 되어도 밝잖아요!

알아봐달라고 시작한 것은 아니었다.

그저 바다와 함께 생활하면서 떠오르는 생각들. 육지에서는 볼 수 없는 황홀한 대자연의 광경을 사람들과 나누고 싶었다. 그래서 사진을 찍고 글을 쓰기 시작했다.

내 노트북과 다이어리에만 남길 수도 있었지만 배를 타는 사람들이라면 꼭 한번은 생각하는 만약의 상황. 혹여나 배가 침몰해 모든 것을 버리고 내 몸 하나만 간수해야 할 때. 그때를 대비해 지워지지 않는 어딘가에 남겨야 한다고 느꼈다. SNS를 시작한 것도 그런 이유에서였다. 글이 채워질 때마다 지나온 흔적들을 오롯이 담아두었다는 안도감이 들었다. 다시 읽을 일은 많지 않겠지만, 언젠가 다시 글을 펼쳤을 때, 이 당시의 내 감정과 나를 만나볼 수 있을 것이란 생각이 들어 좋았다.

더불어 눈에 띄는 댓글들. 응원의 말은 덤이다.

"덕분에 우리나라가 밤이 되어도 밝잖아요!"

배 덕분에 밤이 밝아질 이유는 없겠지만 발상이 재미있었다. 밤바다의 배가 하늘을 밝혀준다는 생각 말이다. 처음에는 웃음이 나왔다. 그런데 이 문장을 곱씹을수록 마음이 저릿하는 걸 느꼈다. 배를 타는 해기사는 자신의 직업에 따라 맡은 바 임무를 다할 뿐이다. 어려운 일이 닥쳐도 꿋꿋이 문제를 해결해 배를 운항해 나가는 것이 우리의 일이다. 누군가의 관심도 없었을뿐더러 누군가의 인정을 바라면서 한 일은 더더욱 아니다.

하지만 어떤 한 사람이 먼바다에서 육지로 들어오는 배들을 보며 배의 여린 불빛이 밝다고 말해주었다.

지독한 어둠에서 희망이 되어줄 불빛은 대낮처럼 환한 형광등 불빛이 아니다. 마음을 가라앉히고 편안한 잠에 들게 하는 것은 촛불 하나면 족하다. 밝다는 것은 환하다는 말이 아니라 안심이 된다는 말일 것이라는 생각에 미치자,

그 댓글 한 줄에 괜히 눈시울을 붉히고 말았다. 알아주는 이가 없어도, 늘 먼 바다에서만 생활해 20대에 누릴 것을 누리지 못해도 나에게도 어느새 내 일에 대한 사명감이란 것이 생겼나 보다.

나는 내가 흘린 눈물의 의미를 금세 알아차리지 못했다. 내 일이 누군가에게 안심이 된다는 사실을 이날 처음 알았다. 이러한 발견은 전혀 생각지 못한 것이어서 당혹감과 함께, 뒤늦게 찾아온 감동이 밖으로 새어 나오는 눈물이었다.

외롭고 고단한 배 생활을 그만두고 싶은 순간들도 있었다. 하지만 그럴 때마다 이 한 문장을 기억한다.

'덕분에 우리나라가 밤이 되어도 밝잖아요!'

바다 위의
크리스마스

12월 24일. 30도를 넘나드는 무더운 밤을 가르며 배는 목적지를 향한다. 육지에서는 지금쯤 눈을 볼 수 있는 곳이 있을지도 모른다. 올해는 화이트 크리스마스가 될 거라는 소식을 간간이 터지는 인터넷을 통해 확인한 터였다.

철로 된 옷을 입은 무미건조한 배에서도 크리스마스를 보낸다. 어쩌면 바다 위의 크리스마스는 육지에서보다 더욱 필요한 일이었다. 가족과 함께하지 못한다는 외로움을 억지로 참아내기보다 지금 함께하는 사람들과 행복하려고 노력하는 편이 덜 외롭고, 또 위안도 되기 때문이다.

오후부터 나는 선원들이 자주 쓰는 식당에 크리스마스 장식 꾸미기에 나섰다. 먼저 작지만 그럴듯한 트리를 세웠다. 배에서는 초록색을 잘 볼 수 없다. 출항할 때는 채소류가 있어서 반찬으로 보고 먹을 기회가 있지만, 항해 기간이 길어지다 보면 배 안에서 초록색으로 된 풀은 곧 사라지기 마련이다. 진짜 나무는 아니지만, 앙증맞게 가지를 뻗은 초록의 트리 위에 빨갛고 파랗게 반짝이는 장신구들을 걸어놓자 제법 그럴싸했다. 마지막으로 전구를 몇 번 감아놓고 보니 식당은 그야말로 크리스마스 분위기로 물들었다. 지나가는 부원이 나를 보고 인사를 건넸다.

"메리 크리스마스."

이 한마디가 가슴에 닿자 구들장에 마른 장작을 때울 때처럼 따뜻한 온기가 전신으로 퍼지는 기분이 들었다. 마음만 싱숭생숭하게 괜한 짓을 하는 건 아닌가 하는 걱정도 있었지만 막상 트리를 만들고 나니 생각과 달리 이곳에서만의 아름다운 크리스마스를 잘 보낼 수 있을 것만 같았다.

식당으로 들어서는 사람들의 표정에 미소가 번졌다. 미얀마 부원들 테이블에서 '메리 크리스마스'라는 말이 들렸다. 언어가 달라서 소통에 한계가 있었는데 '메리 크리스마스'는 세계 공통어였다. 그동안 나누지 못했던 서로에 대한 고마움을 이 한마디에 담아 나눴다. 테이블마다 웃음꽃이

폈고 들뜬 분위기였다.

바다 위의 크리스마스도 괜찮았다.

아니 육지에서보다 더 괜찮았다.

'메리 크리스마스.'

마음을 담은 한마디, 그걸로 충분했다.

책을
읽게 되면서

나는 책을 그리 좋아하는 사람은 아니었다. 불과 2년 전만 하더라도 1년에 책 한 권을 겨우 읽어내는 정도였으니 말이다. 책을 좋아하는 사람을 신기해했을 뿐이다.

승선하고 나서 업무에 얼추 적응하기 시작한 시점부터 점점 책을 가까이하게 됐다. 요즘 같은 시대에 인터넷 사용이 어렵다는 건, 거의 세상과의 단절을 뜻한다. 시시각각 변하는 세상에서 홀로 냉동인간이 된 것 같았다. 어쩌다 인터넷에 접속해 어떤 소식을 접하면, 이미 식어버린 감자였을 때가 많았다. 남들의 이야기 흐름에 쫓아가지 못해 뒷북을 치기 일쑤였다. 처음에는 부리나케 세상을 따라가려고 애썼지만 어떻게 해도 뒤꽁무니를 쫓아가는 일에 불과해 지쳐버렸다.

그때 책이 눈에 들어왔다. 시간이 흘러도 유행을 따르지 않는 유일한 건 인간의 감정이 아닐까. 사랑, 희망, 용기, 외로움, 고독을 간직한 인간의 역사는 시간과 공간을 초월했다. 망망대해의 작은 골방에서도 베르테르의 슬픔과 함께할 수 있었고, 이방인 뫼르소의 예정된 죽음 앞에서 같이 혼란스러울 수 있었다.

책은 배 안의 나를 세상 밖으로 이끌어주었다. 문자의 세계 안에서 지금껏 경험하지 못한 세상을 알게 되었다. 모든 빛과 소음에서 차단된 삶 덕분에 나는 온전히 책을 가까이 할 수 있었고, 결국 읽는 차원을 넘어 쓰고 싶다는 본연의 욕구로까지 접어들었다. 이 책을 만약 누군가 읽고 있다면 나로서는 전혀 예상치 못한 인생이 전개되고 있는 셈이다. 예전엔 책을 쓸 마음도 용기도 전혀 없었다. 읽는 길로 접어들면서 자연스럽게 쓰는 길로 이어졌다. 내 의지라기보다 절로 그렇게 되었을 뿐이다.

누군가가 나에게 책을 왜 읽어야 하냐고 묻는다면 해줄 말이 별로 없다. 어떤 말도 큰 도움은 될 수 없기 때문이다. 왜 읽는지는, 스스로 읽으며 깨달을 문제다.

나를
사랑한다는 것

'자신을 사랑하라'

책을 보다가도 강연을 듣다가도 노래를 듣다가도 나를 사랑하라는 말이 심심찮게 등장한다. 요즘 대세인 방탄소년단도 'love yourself'를 슬로건으로 내세우며 앨범을 낼 정도로 예전보다 '자신을 사랑하는' 주제에 대해 관심이 많아졌다.

'그래 나 자신을 사랑해야지' '나는 나를 사랑해'라고 생각하면서도 정확히 무슨 뜻인지 몰랐다. 그리고 나를 사랑하는 것에 왜 초점을 두어야 하는지도 몰랐다. '그럼 반대로 자신을 싫어하는 사람도 있나?' '나를 싫어하는 사람에게 사랑하라고 말하는 건가?' 하고 남 일처럼 여겼다.

배를 타면 좋지 않으면서도 좋은 점은 바로 혼자 있는 시간이 많아진다는 점이다. 사람들과 떨어져 있기 때문에 외롭고 감정을 공유하지 못해 쓸쓸해지는 반면 '나'라는 사람에 집중할 수 있다. 인터넷, 네트워크, 데이터를 기반으로 점점 발전하고 있는 사회에서 인터넷이 안 되는 환경 역시 관심을 외부에서 내부로 바뀌게 한다.

하늘과 바다, 해와 별, 그리고 나. 인간이 자연의 중심에 홀로 서게 되면 나를 둘러싸고 있던 인위적인 요소들을 내려놓고 근본적인 질문을 하게 된다. '나'라는 사람에 대해서. 순식간에 나를 집어삼킬 수 있는 자연 앞에서 인위적인 것들은 부질없다고 느껴서일지도 모르겠다. 그래서 모든 것을 내려놓은 본연의 나와 마주하게 된다.

그래서 이것저것 질문하기 시작했다.

'나는 왜 여기 있지?'

'음… 여러 이유가 있겠지만 돈을 벌려고 여기 왔겠지.'

'돈을 벌려면 꼭 배를 타야 하나?'

'타야지, 내가 배 타는 것을 좋아하니까.'

'배 타는 것이 왜 좋을까?'

'음… 이때까지 배워온 것이기도 하고 나는 이 생활에 만족하니까. 행복하다고 느끼니까'

'행복은 뭘까?

'나는 좋아하는 것을 하고 거기에서 오는 만족으로부터 행복을 느끼는 것 같아. 행복은 내 삶의 목적이자 이유지.'

'그럼 내가 좋아하는 것은 뭐지?'

'내가 좋아하는 것은…'.

'그럼 싫어하는 것은?'

'무엇을 하고 싶지?'

'무엇을 배우고 싶지?'

'어떤 사람이 되고 싶지?'

질문을 하면서 알게 되었다. 이 모든 질문에 대한 답을 제대로 알고 있지 않다는 사실 말이다.

'나를 사랑한다는 것'은 나를 향한 '관심'이었다. 나에 대한 관심이 필요한 이유는 내가 어떤 사람인지 귀 기울임으로써 나를 이해할 수 있어서다. 친구에게 의지할 수 있는 것은 대화를 통해 어떤 사람인지 알게 되어 믿을 수 있는 사람이라고 판단했기 때문일 것이다.

마찬가지로 나를 알면 자신에 대한 신뢰가 생기고 흔들리지 않는 단단한 뿌리가 생긴다. 누군가 '너 이거 싫어하잖아?'라고 했을 때, '아니, 나 좋아해!'라고 말할 수 있는 것처럼, 단순한 예지만 아주 조그마한 것에서부터 확신이 생긴다. 굵은 뿌리에서 잔뿌리로 뻗어 나가면서 비바람이 불어도 쓰러지지 않는 자신을 세울 수 있다. 즉, 자신을 사랑하는 삶은 주체적인 삶의 시작이다.

'나를 사랑하라.'

이 모호한 말에 대해 나름의 답을 찾았다. 자신을 싫어하는 사람뿐만 아니라 자신이 누군지 몰랐던 모든 사람에게 필요한 말이다. 누군가는 적극적으로 실천하고 있을 수도 있고 누군가는 내가 그랬던 것처럼 대수롭지 않게 넘기고 있을 수도 있다. 또 누군가는 자신을 사랑하지 않을 수도 있다. 조금만 관심을 기울여 자신을 바라봐야 한다. 내가 어떤 사람인지 알게 되면 주체적인 삶이 가능해질 것이다.

나를
사랑한다는 것 2

'나를 사랑하라'에 이어 또 한 가지 아리송한 말이 있었다. '자신을 사랑하는 사람이 남도 사랑할 수 있다.' 자신을 사랑하는 것과 남을 사랑하는 게 무슨 상관이람? 그냥 남을 사랑하면 되지. 사랑을 받은 사람만이 사랑을 줄 수 있다는 말처럼 받은 경험이 있어야 주는 방법도 안다는 말일까?

 자신을 사랑하는 것이 무엇인지 곰곰이 생각해보면서 자연스럽게 남을 사랑하는 것까지 생각하게 되었다. 그리고 남을 사랑하는 것도 나를 사랑하는 것과 같은 맥락이라는 것을 알게 되었다. 남을 사랑하는 것 또한 '관심'이다. 나에게 했던 질문을 타인에게 똑같이 하면 된다. 당신은 어떤 사람인지, 무엇을 좋아하는지, 무엇을 할 때 행복을 느끼는지. 세상의 잣대로 상대방을 보는 것이 아니라 나를 보았을 때처럼 본연의 눈으로 마주하는 것. 밖에서는 사람을 학생, 직장인, 누구 엄마와 같이 분류할지라도 내가 나를 볼 때는 그렇게 부르지 않는다. 그냥 '나'다. 남을 대할 때도 똑같이 그 사람 자체를 보는 것이다.

나를 앎으로써 나를 이해하고 표현하며 주체적으로 살 수 있게 되었다면 타인도 이해하고 존중하게 된다. 역지사지도 마찬가지다. 나의 입장에 대해 진중하게 생각해본 사람만이 남의 입장 또한 헤아릴 수 있다. 내가 좋아하는 것, 되고 싶은 것, 하고 싶은 것, 말하고 싶은 것이 있듯이 상대방도 똑같이 그런 욕구가 있다는 사실을 알게 된다. 따라서 상대의 말에 귀 기울이게 되고 함부로 대할 수 없다.

'남을 사랑하는 것'이라고 표현하면 상대방에게 뭔가 해 줘야 한다고 생각할 수도 있지만 관심을 가지고 그 사람 자체를 인정하는 것부터 시작하면 된다. 나를 향한 관심이 상대의 마음에 대한 이해로 이어진다.

'진정으로 남을 사랑하려면 나부터 사랑하자.'

참 멋진 말이 아닐 수 없다.

바다의
붉은 선

"그거 알아? 적도를 지나갈 때 붉은 선이 그어져 있는 걸 볼
수 있어."

"붉은 선이요? 바다에 붉은 선이 있다고요?"

"그래! 그래서 적도赤道인 거야."

실항사 자격으로 배에 탔을 때 항해사님이 해주신 말씀
이었다. 아직 배에 적응도 못한 내가 감히 겪어보지 못한
바다 이야기를 해주시는 항해사님이 멋있어 보였다. 항해
사님은 내가 존경하는 대상이었다.

적도 바다에 붉은 선이 그어져 있다니! 굉장히 신기할 것
같았다. 북반구에서 벗어난 적이 없는데 위도 0도는 과연
어떤 곳일까? 나는 우리 배가 적도를 지나가기만 손꼽아

기다렸다.

부탄과 프로판을 실은 배의 목적지가 인도네시아로 정해졌다. 드디어 붉은 선을 구경할 수 있는 기회가 왔다. 우리 배가 적도를 지나는 날. 위도 01°N. 이제 1도만 더 내려가면 된다. 나는 당직 시간이 아닌데도 브리지에 있었다. 드디어 적도에 도달하는 순간.

나는 눈을 크게 뜨고 바다를 보았다. 수면 아래, 앞쪽, 뒤쪽 심지어 하늘까지. 아무것도 보이지 않았다. 어리둥절한 채 이리저리 돌아다니고 있는데 소리 내지 않고 웃음을 참고 있는 항해사님이 보였다.

'어, 설마?'

나와 눈이 마주치자 항해사님은 참고 있던 웃음을 터뜨렸다.

"하하하, 그걸 진짜 믿고 있었던 거야?"

그때서야 내가 속았다는 사실을 알았다. 머리가 띵해졌다. 수심이 깊은 바다에 누가 붉은 선을 만들어놓겠는가. 조금만 생각해봐도 말도 안 되는 이야기였지만 굳게 믿고 있었다. 실습생들에게 으레 하는 농담이었을 뿐인데 뒤늦게 알아차렸다.

당연히 적도의 바다에는 아무것도 없다. 무풍지대라는 말이 있을 정도로 바람 한 점 불지 않았다. 하지만 나는 적도를 지나갈 때마다 붉은 선을 떠올린다. 그때의 내 순수함과 열정이 떠오를 때면 입꼬리가 올라간다.

이번에 우리 배에 실항사가 승선했다.

나는 그에게 말해주었다.

"그거 아니? 적도를 지날 때 보면 바다 아래에 붉은 선이 그어져 있어."

아름다운 것을
아름답다 느낄 때

"아름다운 것을 아름답다고 느낄 때 우린 행복하다…."

이기주 작가의 «언어의 온도» 마지막 장에 나오는 문장이다. 잠시 동안 책을 덮지 못했다. 머리를 한 대 얻어맞은 느낌이었다. 언제부터인가 반복되는 일상에 젖어 아름다운 것을 보고도 스쳐 지나갔다. 실항사가 나에게 한 말이 떠올랐다.

"2항사님! 지금 바다 보세요! 너무 예뻐요~"

실항사의 말을 듣고 바라본 바다는 온통 붉었다. 아니 정확히 말하면 짙은 분홍빛에 가까웠다. 바다도 분홍, 하늘도 분홍. 붉게 그을린 하늘이 차츰 바다로 번져가고 있었다.

"응 그래, 나도 처음엔 그랬어."

해가 수평선 아래로 내려가면서 마지막으로 선물하는 풍경은 다양하지만, 이번처럼 분홍빛에 가까운 순간은 드물었다. 하지만 나는 무감각했다. 평소와 조금 다른 바다였을 뿐이다.

"사진 좀 찍게 핸드폰 들고 올 걸 그랬어요."
"또 볼 텐데 뭐."

사실 그때처럼 예쁜 바다는 만나기 힘들었다. 같은 풍경을 보고도 누군가는 함박웃음을 지으며 방방 뛴다. 딱 보아도 얼굴에 '나 너무 행복해요!'가 드러난다. 반면 누군가는 아무 반응 없이 무미건조하게 지나간다.

분명 나도 실항사처럼 바다의 황홀함에 흥분했던 적이 있었다. 방으로 달려가서 바로 사진을 찍고 흐뭇해했었다. 그런데 어느새 일상이 되어버린 일에 무뎌졌던 것 같다. 별거 아니라고 여기는 순간 진짜 별거 아니게 되었다. 그로부터 어떤 것도 느낄 수 없었다.

책을 덮고 다시 한번 바다를 바라보았다. 짙은 남색의 거친 바다. 배에서부터 시작해 저 멀리 수평선까지 바라보니 마치 바다가 거대한 고체 덩어리처럼 보였다. 근엄하고 침착한 바다가 눈앞에 어른거렸다. 철썩하고 파도가 시원한 소리를 내며 배에 부딪친다. 듣기 좋다. 바람이 머리카락을 헝클어뜨리며 날렸다. 평소 같으면 미간을 찌푸리며 제자리로 돌려놓지만 그날만큼은 그대로 있고 싶었다. 시원한 바람이 내 몸에 와 닿는 것이 좋았다. 그리고 깨달았다. 나는 웃고 있었다.

"아름다운 것을 아름답다고 느낄 때 우린 행복하다."

내가 놓치고 있는 아름다운 것들이 분명 있다. '일터라서, 일상이기에' '아름다움은 일상에서 벗어나야 볼 수 있는 것'이라는 생각이 우리의 감정을 가둬버린다. 꼭 자연뿐만 아니라 사람, 마음, 물건에서도 느낄 수 있다. 세상은 우리에게 아름다운 것을 계속 보여주고 있다. 아름답다고 느끼는 것은 우리의 몫이다.

대부분의 사람에게 바다는 낭만과 힐링의 공간, 여행지일지 모르지만 나에게는 삶의 터전이다. 이곳에서 나를 되돌아보고 알아가는 시간을 가졌다. 나에게는 일터가 바다라는 공간이었을 뿐 누구에게나 자기만의 '바다'가 있을 것이다. 항해사라는 직업, 배에서의 생활이 궁금해서 이 책을 선택했을 수도 있겠다. 하지만 나는 단순한 궁금증 해소의 단계를 뛰어넘어 자신을 돌아보는 기회가 됐으면 했다. 나 자신에게도 그랬다.

내가 꼭 항해사라서 책을 낼 수 있었던 건 아니다. 물론 직업 때문에 특혜를 받기도 했겠지만 다른 일을 했어도 글을 썼을 것이다. 글을 쓰고 싶었고, 글 쓰는 게 좋았다. 쓴다는 건 나를 알아가는 과정이었다. 내가 좋아하는 것, 하고 싶은 것, 본질을 알면 외부를 둘러싸고 있는 것들은 비본질이 된다. 학벌, 외모, 재력이 어떻든 내가 여자이든 남자이든 부산에서 태어났든 다른 나라에서 태어났든 나는 나일 뿐이다. 사회에서 나는 '항해사' '27살' '여자'로 표현되겠지만 진정한 '나'는 사회에서 통용되는 단어로 정의될 수 없다.

진정한 나를 찾으려면 나를 둘러싼 정의를 내려놓고 나만의 언어로 정의할 줄 알아야 한다. 이 책은 그 과정 중 하나였다. 앞으로 내가 무슨 일을 할지는 모르겠다. 하지만 확실한 건 있다.

1. 나는 변화한다.

글을 쓰며 항상 느꼈다. 쓸 때의 나와 지금의 나는 다르다. 어쩌면 어떤 생각들은 정반대로 달라졌을 수도 있다. 혹시 이 책을 읽고 누군가 '여기서 이랬잖아요.'라고 이야기한다면 어쩌면 내 대답은 '아 지금은 생각이 바뀌었어요.' 일 수도 있다. 20대는 격렬한 변화의 시기다. 새로운 것을 받아들이고 도전하면서 내가 무엇을 잘하고 좋아하는지 끊임없이 화학작용을 하며 변화하고 싶다.

또 한 가지 확실한 것은

2. 나는 내가 좋아하는 일을 한다.

어서 배에서 내려 육지에서 자리를 잡아야 하지 않느냐고 사람들이 많이 묻는다. 모르겠다. 지금은 배 타는 일이 좋다.

내 삶의 기준이 남에게 있으면 사람들이 보편적으로 좋아하는 일을 할 것이다. 그 길이 가장 무난하고 안전하니까. 하지만 남의 기준은 언제든지 변할 수 있다. 시대의 흐름에 따라서, 그때그때 유행에 따라서. 하지만 기준이 나에게 있으면 손바닥 뒤집듯이 확 바뀔 일은 드물다. 흔들릴 필요도 없다. 이 사실은 중요하다. 그리고 어렵다. 정보의 양이 급속도로 불어나는 빅데이터 시대, 하루에도 끊임없이 많은 정보가 생산되고 있다. 세상은 변한다. 수많은 변화 속에서 나 자신으로 살기 위해서는 내가 좋아하는 일, 나 자신이 기준이 되어야 한다.

미래에 또 어떤 일을 하고 있을지는 모르겠지만 왠지 장담할 수 있을 것 같다. 나는 분명 그 일을 좋아해서 하고 있을 것이다.

마지막으로 확실한 건

3. 어떤 어려움이 닥쳐도 결국은 일어설 것이다.

"공부보다 더 중요한 것은 자기 앞으로 밀려드는 온갖 의무와 책임을 두려워하지 않고 맞설 수 있는 배짱일지도 모른다."

— 강인선, «하버드 스타일» 중에서

인생에서 시련은 파도처럼 왔다. 중요한 건 시련을 받아들이는 자세였다. 처음 항해사가 되고 나서 생각했다. 내 앞으로 밀려드는 온갖 책임과 의무가 너무 무겁다고. 솔직히 말하면 지금도 내가 잘 감당하고 있는지 모르겠다. 도망치고 싶을 때도 있었다. '내가 잘 할 수 있을까?' 도망칠 수 없었기에 할 수밖에 없었고, 일단 부딪히니 해냈다. 내가 생각한 한계를 넘었다. 또다시 시련에 부딪히고 또 넘었다. 이 일련의 과정을 통해 자신감이 생겼다. 중요한 건 시련의 크기가 아니었다. 이를 두려워하지 않고 맞설 수 있는 용기였다. 정확히 말하면 항해사라는 일을 통해 어떤 어려움이 닥쳐도 결국은 일어설 것이라는 '용기'를 얻었다.

지금 이렇게 맺음말을 적으면서도 아쉽다는 생각이 든다. 하고 싶은 말이 많지만 다 담지 못했다. 주어진 지면도, 내 표현에도 한계가 있다. 하지만 인생이란 이렇다는 걸 안다. 늘 부족해 보이는 현재에서 마침표를 찍고 다음으로 넘어가야 한다.

내가 좋아하는 표현이 있다.

'오늘의 바다'

똑같은 풍경 같지만 바다는 늘 다르다. 지금의 바다는 어제와는 다르고 방금 전과도 다르며 내일과도 다를 것이다. 중요한 건 지금 내가 보고 있는 바다다. 어제로부터 온 바다이고 내일을 만들어 갈 '지금'의 바다. 또 다른 오늘의 바다에서 파도를 맞으며 꾸준히 항해하다 보면 어느새 목적지에 도달해 있을 것이다.

오늘의 바다에서 오늘도 나는 항해한다.

배 타는 길을 열어준

하나밖에 없는 오빠야,

항상 나를 믿고 지지해주는

사랑하는 엄마, 아빠에게 이 책을 바칩니다.